講談社文庫

香菜里屋を知っていますか

香菜里屋シリーズ4〈新装版〉

北森 鴻

講談社

目次

香菜里屋を知っていますか

ラストマティーニ

1

物狂おしいほどの日中の熱気がふと途切れ、息をひそめていた涼気が蘇《よみがえ》る。通りを吹き抜ける夕暮れ時の川風を額に感じると、無性に酒が飲みたくなった。まずはコーンウィスキーのソーダ割り。喉の渇き加減によってはもう一杯。ほどよく身体が潤ったら、

――マティーニだな。

香月圭吾《かづきけいご》は、路上に長く伸びた己《おのれ》の影に呼びかけた。

「仕方がないねえ、酒飲みは」

今度はひとりごちて歩き出す。

風が吹けば桶屋《おけや》が儲かるというが、酒飲みにとっては風が吹いても雨が降っても行

き着くところは酒、である。嬉しくても酒、悲しくても酒、腹が立つから酒。生まれ変わったら酒瓶の蓋になりたいと歌った詩人がいたそうだが、

——そうした愛すべき酔っぱらいたちに、俺も日頃は活《い》かされている。

池尻《いけじり》の店の空調が突如、労働意欲というか機能を失ったのが四日前。急いで修理を依頼したのだが、時ならぬ猛暑ゆえに馴染《なじ》みの電気店は大忙しで、仕方がないから電話帳をめくってようやく探し当てた電気店からやってきたのが、一目見ただけで頼りなげな中年男だった。工具入れを開けた瞬間、その乱雑さを見て予感が確信に変わった。頼りないならば、それはそれで仕方がない。とりあえず空調をその場しのぎでよいから動かせる状態にさえ戻してもらえれば、満足して修理代を支払い、なんなら労をねぎらう意味でビールの一杯も振る舞うつもりだった。だが、男は「頼りない」ではすまなかった。いつまでも沈黙を守り続ける空調に業《ごう》を煮やしたか、ついには店の配電盤をいじり始め、そして修理不能なまでに破壊したあげく、「寿命ですかね」という許し難い一言を残して帰っていった。おかげで空調はおろか、店の電気製品はすべての機能を失い、《プロフェッショナル・バー香月》は意に添わぬ臨時休業を余儀なくされた。

まあ、たまにはいいかもしれない。

店を開いて十五年。週に一度の定休日をのぞけば、働きづめの十五年だった。年末年始さえも無縁の己に、神様が与えてくれた粋なプレゼントなのだと考えることにした。

川に沿った細い道を下流に向かって歩き、いくつかの細い路地を右に左に折れる。この場所ではないが、似たような道筋を辿って行き着くことのできる店を、香月は知っている。かつては同じ店で働き、バーマンとしての修業時代を経て、ほぼ同じ時期に店を巣立った男が三軒茶屋《さんげんぢゃや》で開いているビアバーだ。

「あいつとも、いろいろあったな。いや、いろいろありすぎた」

その言葉を発すると同時に、香月は目指す店の前に立っていた。

変哲のない木製ドアに、《BAR谷川》とレリーフされた変哲のないプレートが掛けられている。ドアを開けると、

「いらっしゃいませ」

古びたカウンターの内側に直立不動の男が一人、一分の隙もないバーマンスタイルで立っている。その顔に浮かべた柔和な笑みにさえ、隙がないかに見えた。

古びているのはカウンターばかりではない。スツールも酒棚も、壁の振り子時計も、そしてバーマンまでもが同じ時間の流れを、自らに刻んでいる。

「頼むよ、爺さん。少し濃いめに」

「コーンウィスキーでよろしいですか」

この店の経営者にして唯一のバーマン、谷川真介《しんすけ》が「かしこまりました」と準備にとりかかった。酒棚からおろしたのはプラットバレイ。冷蔵庫から木桶を出し、アイスピックで板氷を砕き始める。二、三の氷をグラスに入れ、バースプーンでステアする。くるくる、くるくるとスプーンはいつまでも回転をやめない。約一分。グラスが完全に冷えるのを待って、中にたまった水分を入念に排除する。オンスカップで二杯、プラットバレイを注ぎ、続いて炭酸。軽く、ステア。

「どうぞ」と差し出されたソーダ割りと共に、櫛形《くしがた》のレモンが添えられた。

「うまい、本当にうまいよ」

「ありがとうございます。お店の方はいかがですか」

「そいつは、電気店の工事人に聞いてくれ」

「早く再開できると良いですね」

「そうでないと、怠け癖がついて仕方がない。シェイカーの振り方を忘れちまったら洒落にならんぜ」

赤と黒の賽子《さいころ》が二つ、小皿に盛られて出された。賽の目に切った市販のチーズに、片方はパプリカ、もう一つは黒胡椒《くろこしょう》をまぶしたものだ。ビールを注文してもカクテルを注文しても、このひと皿がチャージがわりに出てくる。しかも一年中、もしかしたら開店以来の一品なのかもしれない。

「偉大なるマンネリだな、爺さん」

「年寄りの手仕事ですから。申し訳ありません」

この店に通い始めて、もうすぐ一年になる。なんの前知識もないまま、入った店だった。定休日にさまざまな店を飲み歩くのは、バーマンの性《さが》のようなものだ。その日もたぶん四軒目、あるいは五軒目だったかもしれない。コーンウィスキーのソーダ割りを注文し、一緒に出されたこのひと皿が、なぜだかひどく気に入ってしまった。三軒茶屋のビアバーでは望むべくもない恐るべき凡庸な、けれどいつまでもいつまでも飽きのこない一品だ。その他には、乾きものが数種。

――だが、この店には……。

同じものをもう一杯と、注文をして、

「最近じゃ、バーボンとコーンウィスキーの違いもわからないバーマンがいるんだってね」

「人……それぞれですからな」

機械さながらに、谷川は精密な動きでソーダ割りを作る。同じ氷の量、同じバースプーンの動き。同じメニューを常に同じ味で作ることがいかに困難であるか、そしてバーマンのみならずすべての調理人に要求される技量であることを、香月は知っている。

「そういえば、工藤《くどう》さんはお元気ですか」

「あいかわらず、三軒茶屋でちんけなビアバーを経営している」

「まったくお口が悪い」

「仕方がないさ。あいつとは離ればなれになって十五年になるってのに、相変わらずの腐れ縁だ」

修業をした店をほぼ同時に巣立った、というよりはいったんは袂《たもと》を分かった形の離別だったのではないか。けれど時間はいつしかお互いのわだかまりを溶かしてくれた。もしかしたらわだかまりを抱いていたのは、香月のみであったかもしれないが。

そして今に至る。

「羨ましいお話ですね」

「それほど結構なものじゃないよ」

二杯目のソーダ割りを飲み干し、煙草に火を点《つ》けた。

「〆《しめ》の一杯を注文したいな」

そう告げたとき、谷川の表情に奇妙な色が浮かんだ。

――……!?

困惑といえなくはないが、そうでない気もする。ほんの一瞬眉間《みけん》に二本の筋が入り、すぐに消えてしまった。

「ずいぶんとお早いんですね」

「今日は口開けなんだ」

「では、これから香菜里屋《かなりや》に？」

「さあ、どうしようか。明日には店の修理が終わる。長い夏休みも終わりだ。もったいないから浅草にでも出てみようかな」

〆はもちろんマティーニ。

BAR谷川の常連となった最大の理由がこの一杯だった。初めての夜、相当に酔っていたにもかかわらず、よく冷えたグラスに唇をあてた瞬間、香月は我知らずのうちに居住まいを正していた。端正で澱《よど》みがなく、それまで香月が味わったことのない、にもかかわらずひどく懐かしい香りのするマティーニだった。カクテルは進化し続ける飲み物であるといわれる。毎年、何千種類ものカクテルがバーマンによって生みだされ、そして消えてゆく。けれど中にはオーソドックススタイルと呼ばれ、バーの歴史に定位置を得たカクテルも少なくはない。中でもキングオブカクテルの称号を得たのが、マティーニだ。

が、キングといえども進化の流れの中では無変化ではいられない。ドライマティーニが近年の主流であるように、このカクテルは時代と共に辛口になってゆく。一説には米国大統領のトルーマンが、辛口のマティーニを好んだことからこの傾向が始まったともいわれるが、定かではない。

香月自身、マティーニの注文を受けると、かなり辛口に仕上げている。ただし、「ミキシンググラスをベルモットでウォッシュして、そこにジンを注いでくれ」などというにわか仕立てのスノッブには、黙ってジンのストレートを出すことにしているが。

この店では、古き良き時代のマティーニを、絶妙のレシピで出してくれる。

「もともとは、ジンが七に対してベルモット三というのが、レシピだったそうだ」

「当店では八対二ですが。たぶん七対三というのはマティーニと呼んで良いぎりぎりのレシピではないでしょうか」

「それでも古いスタイルであることにはかわりがない」

「この方法しか教わらなかったものですから」

そういいながら谷川が、ミキシンググラスにビーフィーターを注ぐ。ベルモットはノイリープラット。正確に四角にカットした氷を入れ、ステアする。静かにグラスに注がれた酒の上からレモンピールを絞り、

「どうぞ、マティーニでございます」

と谷川がいった。塩漬けのオリーブが別皿にのせられているのも、この店のスタイルだ。

間髪容れず口を付けるのが礼儀であることを知りながら、谷川のどこか思い詰めたような表情が気になって、香月はしばらくグラスの中身を眺めた。

「いかがされましたか」

「いや、気にしないでくれ」

グラスを手に取り、中身を三分の一ほど飲んだ。

舌の奥に苦い緊張が走るのが、わかった。

「爺さん、こいつはどういうことだ」

「と、申されますと」

「飲んでみろ、自分の舌で確かめてみろ」

覚悟を決めた顔つきの谷川が、バースプーンでグラスの中身をすくい、舌に乗せる。

再び眉間に皺《しわ》が寄せられ、目を瞑《つむ》ったまま、谷川の唇がぐいと一文字に締められた。

「申し訳ありませんでした」

古き良きスタイルのマティーニを作り続けてきた老バーマンは、深々と頭を下げたまま、動かなくなった。

2

なにがそんなに気に入らなかったのですか。

店にやってきた笹口《ささぐち》ひずるが無邪気に質問を寄越した。

「大切な基本を忘れてしまったのさ、爺さん」

「基本って、バーマンのですか」

香月はそれに答えるかわりに、かつて己を唸《うな》らせた谷川レシピのマティーニを作り、ひずるに勧めた。形の良い唇がグラスに当てられ、同じ器官から「美味しい」とため息混じりの言葉が漏れた。

「礼儀正しい甘さ……姿勢の良い、とでもいうのかな」

「良いテイスティングだ」

「いつものマティーニも好きだけれど、こっちもとても魅力的ですね」

「紳士が淑女をもてなすにふさわしい酒だ」

続いてあの夜、谷川が作ったマティーニを再現すると、ひずるの表情にあからさまな失望の色が浮かぶ。

「なんだか、水っぽいですね」

「基本中の基本を忘れた、最悪のカクテルだ」

香月は二本のジンのボトルをカウンターに並べた。銘柄は同じだが、二つのボトルの違いは、ひずるにもすぐに理解できたらしい。

「そうか、カクテル用のボトルは……」

「ごく一部をのぞいて、一般的にカクテルに要求されるのは限りない冷たさだ。ことにマティーニはな」

香月の店では、カクテルのベースとなるジン、ラム、ウォッカ、テキーラといった酒は、数種類ずつフリーザーにストックされている。

「谷川さんは、常温のジンを使った。だからステアするときに余分に氷が溶けてしまったんだ」

「できあがったのが、水っぽいマティーニ、というわけさ」

「フリーザーにストックしてあったジンが足りなかったのかな。それで常温で保存していた真新しいボトルの口を切った、とか」

「そんなことはない。ボトルには半分以上ジンが残っていた」

つまりは、いったん使用したジンをフリーザーに戻すのを忘れていたということだ。

それだけいって、香月は厨房《ちゅうぼう》に向かった。

「楽しみだなあ、なにを作ってくれるんですか」

「見てのお楽しみだ」

調理を終え、カウンターに二枚の皿を並べた。

小エビのフリッター、と鶏ささみのスモーク。

「このフリッター、不思議な香りがしますね」

「衣に秘密がある。泡立てた卵白を使用するのは一般的だが、うちのフリッターは小麦粉を、炭酸を抜いたビールで溶く」

「ささみのスモークかあ、これはいつだったか香菜里屋で食べた覚えがあります」

「あのなあ、ひずるさん。いっておくが俺と奴とは同じ店で修業した同門なんだ。そして俺は工藤の兄弟子」

「じゃあ、もしかしたら工藤さんの料理は」

「全部とはいわないが、俺が教えてやったんだ」

「本当ですか」

「その疑いのまなこが悔しいね」

水蜜桃《すいみつとう》とシャンパンをミキサーにかけ、細身のグラスに注いで、さらにシャンパンを加える。宗教画の巨匠の名を取ったベリーニを〆の一杯とし、笹口ひずるは帰った。

その後の客の入りはまあまあだったが、田園都市線の上下の終電が池尻大橋《おおはし》駅を過ぎてしまうと、店は香月のみが規則的に息づく空間となった。

「谷川の爺さん、どうしてあんなシロモノを作っちまったのかな」

紫煙をくゆらせながらつぶやき、答えが見つからぬまま、店じまいの支度を始めようとしたとき、ドアが静かに開いた。

「よう、珍しいな」

「たまには。今日は忙しかったものだから、寝酒が欲しくて」

「そいつは、閑古鳥《かんこどり》が鳴いている店への当てつけか」

「そんなわけがないでしょう」

美味しいマンハッタンを一杯、といいながら工藤哲也《てつや》がスツールに腰を下ろした。

「ウィスキーはいつものやつで？」

「ええ、カナディアンクラブをお願いします」

ウィスキーをベースにベルモット、ワンダッシュのビターでカクテルを仕上げながら、香月はふと邪《よこしま》な悪戯心を胸に抱いた。さらにツーダッシュのビターを加え、グラスを差し出すと、

「見ていましたよ」

工藤が人なつこい笑顔のままいった。

「人生にはビターが必要なんだ。そいつを教えてやろうと思ってナ」

「それなら誰よりもよく知っています」

「まだまだ、足りないな」

「これ以上苦い味を覚えてしまうと、人生そのものが歪《ゆが》んでしまいそうで」

カクテルグラスの中身を一気に飲み干し、工藤が苦笑いに似たものを唇にのせる。

なにか食べるのか。いいえ、店ですませてきました。

他愛のない会話を交わしながら、香月は自分専用のグラスにビールを注いだ。

「前に来たときには、ドラフトビールにスピリタスを足したでしょう」

「お前さんにはビールなんざ水同様。九十六度のスピリタス入りがちょうどいいんだ」

「確かに……パンチが効《き》いていた気もしますが」

「だろう、俺のチョイスに間違いはない」

「そういう問題ではありません」

つかの間、二人の間に沈黙が居座った。

工藤は空になったグラスの底を凝視している。香月はビールの中を浮遊する泡粒を。そうしながら互いの胸の裡《うち》を探り合っていたのかもしれない。

「あの頃は楽しかったな」

「嫌なこともずいぶんとあった気がしますがね」

「互いの中に積もった澱《おり》を舐《な》めあうのは趣味が良くないな」

「そうですね、じゃあもう一杯だけ」

その言葉を受けて香月は「チョイスは俺に任せろ」といって、ミキシンググラスを取り上げた。工藤のジンの好みはタンカレー。ベルモットはノイリープラット。レモンピールは多めでグラスに沈め、オリーブの塩漬けはなし。

グラスを一口舐めて、

「谷川レシピの変形ですね」

「お前さん好みに仕立ててやったんだ」

「他の客が聞いたら誤解を与えるような台詞《せりふ》は、やめてください」

「特に、女性客が聞いたら、ってか」

ひとしきり笑って、香月は例のマティーニの話を工藤に聞かせた。

「谷川さんが、ジンをフリーザーに入れ忘れたですって？」

「いよいよモウロクしちまったかね、あの爺さん」

「ですが、まだ七十前でしょう」

そういったまま小首を傾げ、工藤はなにもいわなくなった。

次の定休日、香月は笹口ひずるを伴って香菜里屋を訪れた。「おや、いつの間にお二人はそんな親密な関係に」と、声を掛けてきたのは石坂修《いしざかおさむ》・美野里《みのり》夫妻だった。子供がいないせいか、すでに新婚とはいえないというのに二人は、いつまでも恋人の空気をまとったままだ。

アルコール度数が違う四種類のビールから、香月が注文したのはロックスタイルで供されるもっとも度数の高いビール。ひずるはノーマル度数のものを注文した。

「さあ、今日はなにを喰わせてくれるのかな」

「そうやってプレッシャーをかけようとする」

二つのビアグラスと共に工藤が出したのは、志野焼の小鉢だった。どうやらモヤシらしい。ナムルに似ていなくもないが、ちりめんじゃこを絡めてあるから、別の料理なのだろう。口に含むと、山椒《さんしょう》の爽快《そうかい》な辛みと香気、モヤシの歯ごたえが口内に不思議な余韻を残した。

「さっと茹《ゆ》でたモヤシに極少量の塩とごま油。京都でいうところのちりめん山椒を絡めただけのものだろうが……」

そういったまま香月は言葉を継ぐことができなかった。

味の深みがまったく違う。モヤシ本来の味を壊すことなく、しかもちりめんじゃこの持つ魚の旨味《うまみ》、山椒の香気と辛みが、完全に一体化している。得体の知れない「なにか」が、それぞれの味の仲介役になっている。

──まいったな、こいつは。

ビールはおろか日本酒、洋酒、カクテルにでも合うのではないか。いつだったかひずるに、工藤に料理を仕込んだのは自分だといった手前、味を完璧に分析してみせないと実に具合が悪い。それを察したのか、

「ちりめん山椒ですよ、ポイントは」と、工藤が何気なくいう。

「よほどの名店を見つけたか」

「いえ、自分で作ってみただけです。さほど難しいものではありません。ただし」

使用するちりめんじゃこは無添加、天日干しのものを。さらに、水を一滴も使わずに純米酒と少量の天然醤油のみで二時間ほどかけて煮たのだと、工藤はいう。

「ちょうど良い実山椒が手に入りやすい季節ですから」

「だからといって、ちりめん山椒を手作りするとはな」

気障《きざ》な真似をしやがるといおうとしたが、ひずるが小さな声で「もう少しもらってもいいですか」と小鉢を差し出すのを見て、やめた。

「大丈夫だよ、ひずるさん。うちの奥さんなんか三度もお代わりをしたあげく、家でお茶漬けを作りたいから、特製ちりめん山椒を分けてくれるよう、マスターに頼み込んだんだから」

石坂が笑いながらいう。

二杯目のビールを注文すると、「鯛《たい》のかぶとの良いところが入っていますが」と、工藤が小首を傾げた。注文することはわかっている。料理法をどうしようと問うているのである。

「そうだな。焼くか煮るか、素揚げにしてもうまそうだな、黒胡椒を効かせて」

「中華風の清蒸《チンジョン》はいかがですか。香菜《シャンツァイ》がないので芹《せり》になってしまいますが」

「いいですね、それにしてください」といったのは、ひずるだった。

かしこまりましたと、厨房に消えようとする工藤の背中に、「あのな、工藤」と香月は声をかけた。その歩みがぴたりと止まる。続きを口にしようかやめようかと少しばかりためらい、それでも結局は、

「谷川の爺さんのバーだがな、店をたたんじまったよ」

というと、

「知っています」

素っ気ないくせに奇妙に重い感じのする言葉が返ってきた。

――やはり……な。

3

お客様各位。

急ではございますがＢＡＲ谷川は、今月末日をもちまして閉店することになりました。

皆様の長年のご愛顧に感謝しています。

本当にありがとうございました。左様なら。

店主

目尻に苛立ちとも憤りともつかない感情を滲《にじ》ませ、笹口ひずるが店にやってきたのは二日前のことだった。バーにやってきたというのにスツールに腰を下ろそうともせず、酒の注文をしようともしない。

「どうしたのですか、笹口ひずるさん」

「香月さんが悪いんですよ」

「わたくしめになにか非礼がありましたか」

「茶化さないでください」

ようやく腰掛けたひずるが、デジタルカメラを取り出し、スイッチを入れた。撮影画面を再生すると、そのまま香月に手渡す。そこに写っていたのは、ＢＡＲ谷川の閉店のお知らせだった。

「……左様なら……か」

というつぶやきに、「香月さんが悪いんですよ」と、ひずるの声が重なった。

「たかだかマティーニ一杯のことじゃないですか」

少々水っぽくても、我慢して飲むべきではなかったか。それをことさらに責め立て、ついには閉店にまで追いつめたのだと、言葉の外側でひずるはいっている。

「でもな、ひずるさん。あの人も俺もバーマンなんだ」

自分なりに満足できるマティーニを作ることは、バーマンの自己証明といって良い。ドライもスウィートも関係ない、香月圭吾には香月圭吾のマティーニがあると、胸を張れてこそのバーマンなのだと説明しても、ひずるは納得しなかった。

石坂夫妻に乞《こ》われるまま、そうしたことを説明すると、修が、

「じゃあ、今日はどうしてそんなにも仲良く二人して香菜里屋に？」

どうやってひずるを納得させたのかと、問いかける。

そのとき工藤が青磁の大皿に盛りつけた、鯛かぶとの蒸しものをもってやってきた。

「軽く塩味をつけてありますが、お好みで」

と、ナンプラーの小瓶を皿の横に置いた。

だが香月もひずるも、言葉を失ったままだった。「鯛のかぶとの良いところ」の「良い」には、大きさも含まれていたようだ。とても二人で食べきれる量ではない。

「こいつは参ったな。工藤、半分ほど取り分けて、石坂夫妻にさしあげてくれ」

「いいんですか」と美野里が、歓喜の声をあげる。

紹興酒《しょうこうしゅ》をふりかけて蒸した鯛のかぶとは、潮の香りに大陸の風土の匂いが混じっている。ナンプラーを少量足すと、魚醬《ぎょしょう》独特の発酵臭がさらに香りを豊かに膨らませる。

店の客は、香月を含めてしばし会話を忘れた。

「やっぱり料理の腕は」と、ひずるが囁いた。

「それ以上いうんじゃない。俺に恥をかかせたいか」

「ごめんなさい」

そしてまた、食欲を満たすためだけの時間が過ぎてゆく。

鯛という素材の良さもさることながら、

——火加減が絶妙なんだ。

と、香月は感嘆するしかなかった。火を通しすぎるとせっかくの鯛の旨味が流れ落ちてしまう。逆だと生臭みが残る。工藤の目と鼻と菜箸《さいばし》を操る指が、精密きわまりないセンサーとして機能することでのみ、この料理は完成する。

俺には真似ができない。かつても、今も。

旨味を堪能することに専念していた舌の奥に、微《かす》かに苦みが混じった。

「ところで先ほどの話だけれど」

石坂修の問いに答えたのは、ひずるだった。

「香月さんがいったんです。なん百回作ったマティーニの中のたった一杯の失敗作であっても、もしかしたら客にとっては唯一無二の一杯かもしれない。そんなものを作ってしまった自分を責めないバーマンは、本物ではないって」

かつて名人と呼ばれた噺家《はなしか》がいたという。己がもっとも得意とするネタを、高座でしくじってしまった彼は即座に引退を決意、実行した。

そうした話を聞かせると、ひずるは納得した。だが、

「それって潔《いさぎよ》すぎないかな」

と、箸を置いた美野里がいった。

「どうしてですか、少し悲しいけれど素敵な話じゃないですか」と、ひずる。

「僕も少しだけ……納得できないかも」

石坂修もためらいがちにいった。

美しすぎる話にはつい懐疑心を抱いてしまう。ああ、僕は人間として堕落してしまったのだろうかと、戯《おど》けた調子でいうが、その胸の奥深いところに納得できない気持ちがあることは確かだった。

「もしかしたら、谷川バーマンはジンをフリーザーにしまい忘れたのではなくて」

「しまうことができなかったのではないかしら」

夫婦は絶妙のタイミングで話を継いだ。すると、ひずるにも疑念が生まれたらしい。

「どうしてしまえなかったのですか」

「別のものがフリーザーに入っていたからでしょうね」

「別のものといわれても」

「ねえ、フリーザーってどれくらいの容量があるのですか」

美野里が香月に向かっていった。

ろか」

「そうだな。高さ八十センチ、幅五十センチ、奥行きが……四十センチといったとこ

谷川の店は、さほど広くはない。にしては、立派なフリーザーといっても良いのではないか。そういうと、美野里が大きく頷いた。

「それだけの大きさがあれば、かなりのものが収納できますね」

「しかもそれは冷蔵庫ではなく、フリーザーに入れなければならないもの」

少なくとも単純な液体ではない、と石坂が続けた。

「どうしてですか、石坂さん」

「ただの液体ならば、フリーザーに入れると凍結してしまうからさ。凍結は変質でもある。だったら冷蔵庫に入れればいいじゃないか」

「たとえば……冷凍食品とか」

「まあ、それもあるだろうが」

ポイントは、谷川が店を閉めてしまったことにあるのではないか、といったのは美野里だった。そこには、犯罪の匂いがする。故にこそ彼は店を閉めなければならなかった。これは閉店ではなく、逃亡行動かもしれないのでは。

二人が、マティーニの失敗作とBAR谷川の閉店とを結びつけ、推理遊びをしよう

としていることは明らかだった。

この店では、そうしたことがままある。

工藤はというと、仕事が一段落付いたのか、専用のゴブレットにビールを注いで舐めるように飲んでいる。

「こんな推理はどうかな、工藤さん」

美野里が工藤に話しかけた。

本当は、フリーザーにはちゃんとジンのボトルがあった。けれど谷川はそれを出すわけにはいかなかった。バーの作法として、バーマンはカクテルを作り終えた後、しばらくの間はベースになったボトルを客の前に提示しておかねばならない。

「でも、彼はそうすることができなかった」

「面白い考えですね」

「でしょう。だからこそ彼は常温のボトルを使うしかなかった」

「それはないよ」

と、香月は反論を試みた。いけない、この店のペースにはまってはいけないのだと思いつつ、

「ボトルは半分以上残っていた。そんなボトルを常温保存しないからね」

まっとうなバーマンならと、いった。

「別の用途があったとか。ねえ、工藤さん」

するとと工藤が、

「たとえば梅酒を漬けるときに、ジンを使う場合がありますね」

もともとは柿の渋をとる手法だが、梅にも有効で、最近では陰干しした梅をジンで洗い、その後に漬けこむ人が増えていると、いった。もうひと瓶、漬ける予定があれば残りのジンを常温保存していても不思議はない。

十分に納得できる理由に思えなくもなかったが、美野里は不満そうだった。

「なんだか、ほのぼのしすぎだなあ」

「なにを考えているの、美野里さん」

妻の言葉に、夫が問いかけた。

「考えてみたの。香月さんが最後に谷川さんの店を訪れた直前にもう一人の客があったとしたら」

もしかしたらその客もジンベースのカクテルを注文したかもしれない。ところがそこで口論となってしまう。ついかっとなった谷川は、ジンのボトルで客を殺害。そのためにジンには被害者の血痕が付いてしまった。事件の後、店にやってきた香月がマティーニを注文する。フリーザーを開き、ジンのボトルを取り出そうとしたとき初めて、血痕に気づく。どうしよう、このボトルを出してしまえば犯行がばれてしまう。仕方なく……。

「そんなことを想像してみたのよ。梅酒造りとはイメージがなあ」

「ちょっと無理がありすぎやしないか。じゃあ死体はどこに行ったの」

「そりゃあ、どこかに隠してあったとか」

「人間の身体って、けっこうかさばるし、重いよ」

「じゃあ、事件は前の日に起きた」

「丸一日あれば、新しいボトルを冷やすことができます」

「その間、一人もお客が来なかった」

「そんなことあり得るんですか、香月さん」

石坂修の問いに、香月は黙って首を横に振った。立地条件が良い店ではないが、常連の存在なくしては経営が成り立たないし、彼が作るマティーニを楽しみにしている客が少なからずいることを、知っている。

夫婦のやりとりを聞いていたひずるが、ひどく思い詰めた表情になっていることに気づいた。

「どうした、ひずるさん」

「……ちょっと、ちょっとだけね、恐ろしいことを想像してしまったの」

「いってごらん」

「だめ！　絶対にいえない、こんなこと」

かぶりを振るひずるの目の奥を、香月は凝視した。これまで数多くの客を見てきた香月にも、工藤ほどではないがその人の瞳の奥に宿る感情を、ある程度洞察することは可能だ。

——そうか、そんなことを考えていたか。

香月もまた、かぶりを振った。

約百六十リットルの容量を持つフリーザー。そこに人一人を収納することは到底不可能だ。大人の身体ならば、である。

——けれど子供ならばどうか。

そんなことを想像してしまった己を、ひずるは責めている。

「ひずるさんの考えていることは妄想に過ぎないよ」

「でも……」

「あの人にそんなことは絶対にできない」

なぜならといったとき、香月の胸の中に、谷川の声が蘇った。日頃は客に勧められても決して口にしない酒を、その日に限って飲み、そしてやや酔いの回った口調で谷川が漏らした言葉である。

香月さん、わたしは神戸の生まれでしてね。生まれも育ちもあの街でした。平凡な人生を送ったつもりでした。あの日が来るまでは。地元のホテルでバーマンの修業を積み、三十歳になったのを機に独立。遅まきながら四十過ぎに結婚もしました。その五年後には子供も生まれた。遅くにできた子供でしたから、そりゃあ可愛がったものです。でもね。

そういって唇を噛《か》んだままなにもいわなくなった谷川に、香月は掛けるべき言葉を持つことができなかった。

「なにがあったのですか」

「阪神淡路大震災だよ」

「じゃあ、谷川さんは」

「小学生の息子さんと妻を、あの震災で亡くしているんだ」

だから谷川真介は、子供に仇《あだ》なすような真似を決してしない。この世に百万の悪鬼が存在し、そして親子の絆を忘れた外道どもが跋扈《ばっこ》しようとも、谷川は決して子供に毒手を伸ばすことはない。

そう断言すると、ひずるが小さく「良かった」とつぶやいた。その瞳が潤んでいるのを見ながら、香月は、自分と彼女の行く末を確信した気がした。

「結局は、一途なバーマンのプライド故、ということになるのかな」

「それでいいんじゃありませんか」

夫妻の言葉が、その日の会話に幕を引くきっかけとなった。

だが香月は全く別のことを考えていた。

4

カウンターの外側から、あなた、と呼ばれて尾骶骨《びていこつ》のあたりにむず痒《がゆ》いものを覚えた。不快感であろうはずがないが、その言葉によって相好《そうごう》を崩すほどには若くはない。

「まったく驚きました」

「俺もだよ、工藤。まさか己にこれほどの行動力が、あろうとはな」

「まあ、きっかけと勢いといいますから」

「確かに、な」

どうしてこんなことになったものやらと、自分でも首を傾げるしかなかった。

「二人で良くないことを企んでいるのでしょう」

香月ひずるにいわれて、香月は慌てて首を横に振った。

プロポーズから入籍までの日々が、今では幻のように思えてならなかった。

きっかけ？　それは例のマティーニ事件だろう。事件といって良いかはわからないが、とにかくアレがきっかけであったことは間違いない。

勢い……なのか。果たしてそのようなものがあったかどうか。

とにかく二人は入籍し、正式に夫婦となった。式も新婚旅行もすべてが落ち着いてからということにし、派遣プログラマーの仕事の傍ら――派遣社員という立場もあって、かなり融通が利《き》く、らしい――新妻のひずるはしばしば店を手伝ってくれる。といっても、客のオーダーを取りつつ、香月の作る酒肴《しゅこう》を運ぶといった程度のことだが。それでも殺風景きわまりなかった店に咲いた一輪の花は、客の評判も上々で、店は連日にぎわっている。

香菜里屋の閉店後にやってきた工藤の耳元で、

「なかなかいいものだぞ、これはこれで」

と囁いた。

「あなたを見ているとよくわかります」

そういって工藤は、ビールのお代わりを注文した。スピリタスは抜きにして、というと、ひずるが笑って頷いた。

店じまいを終えたのが午前二時。

三人は並んでスツールに腰を下ろしていた。

「ねえ工藤さん、聞きたいことがあるの」

「結婚生活の知恵についてはちょっと」

「驚いた、工藤さんでもそんなジョークをいうんだ」

「お前さんはこの男の正体を知らないんだ」

香月が混ぜっ返すと、ひずるが掌《てのひら》で唇を塞ぎにかかった。

「谷川さんのことなんだけど」

「まだ、納得がいかないのですね」

「あの夜は納得したつもりだったの。でもね」

考えれば考えるほど、谷川の不始末のわけがわからなくなってきたのだと、ひずるはいう。

「香月は、いや、あなたの旦那様はなにも教えてはくれないのですか」

「やっぱり、なにかあるのね。じゃあ、圭吾さんも知っているんだ」

「もちろん、彼は優秀なバーマンですから」

「と、おだてられてもなあ。俺が真相に気づいたのは、まさしくあの夜だからな」

「じゃあ、工藤さんは」

「こいつはたぶん、話を聞いたときにはすでに」

それでいて、なにも知らないふりをする。こいつは昔からそうした性悪なところがあるんだと香月はいった。いってやった。精一杯の毒を込めたつもりだったが、それには体内の毒素が不十分すぎたらしい。ひずるは幸せそうに笑うばかりだ。

「じゃあ教えて、工藤さんはどこで真相に気づいたの」

「谷川バーマンがマティーニの失敗作を作った夜の話を、香月は話してくれました。けれどそのとき彼は、ラベルについてなんの言及もしなかった」

「ラベルって、ボトルの？」

「はい。彼ほどの男がラベルの異変に気づいていなかった。逆にいえば、ラベルにはなんの異常も見られなかった、ということじゃありませんか」

「異常がないことが……おかしいのですか」

工藤が、新たなビールを注ぎ入れたグラスを取り上げた。

「なにが見えますか」

「ビール、でしょう」

「それは内側です。では外側には」

「水滴が、ああっ！　そういうことですか」

ようやくわかったと、ひずるが声をあげた。

フリーザーで冷やされたボトルは、外気に触れるとまもなく結露する。フリーザーでも凍結することのない度数の酒が入ったボトルは氷点下だ。結露の量もビールの比ではない。それをしまい忘れたとすると、紙製のラベルはどうなるか。

工藤がいわんとすることに、香月が気づいたのは石坂夫妻と過ごした夜のことだった。

「当然ラベルはよれよれになるか」

「はがれ落ちてしまうでしょうね」

だが、ラベルにはなんの異常もなかった。

「でもそれは、ボトルが常温で保存されていたというだけで」

「香月がいったでしょう。通常ならそんな保存のやり方はしないと」

「だからそれは梅酒を造るためだと。そして、もうひと瓶漬けるためにっていったのは工藤さんじゃありませんか」

「もう、青梅の季節などとっくに終わっていますよ」

「じゃあ……」

「谷川バーマンには、別の目的があったのですよ」

工藤の言葉に頷きながら、

——狸爺《たぬきじじい》め、よくやってくれる。

香月は密かに毒づき、少しばかりつらい気持ちになった。

「あのボトルは、香月専用に用意されたものでした」

フリーザーのストックが切れたり足りなかったりしたために、常温保存のニューボトルの封を切ったのではない。そのことを証明するために、わざと中身を半分あけ、店の隅にでも隠しておいたのではないか。

「すべては香月にマティーニの失敗作を飲ませるための苦肉の策、とでもいいますか」

「どうしてそんな真似をする必要があるのですか」

「彼ならば、水っぽいマティーニを見逃すはずがないからです」

そして、そのことを糾弾しないはずがない。

事実、香月は彼を責め、そのことを理由にして谷川は店を閉めた。当初は香月もそれで納得していたし、それをひずるに話し、香菜里屋での会話によって、石坂夫妻にも伝わった。さらには夫妻のことだ、他の常連にもこの話をして、いっときの推理ゲームを楽しんだことだろう。谷川真介が望んだのは、まさしくこのことだったのだ。やがて話は人口に膾炙《かいしゃ》し、定着する。

工藤の口調はあくまでも静かで、だからこそ感情的であるともいえた。

「一刻者《いっこくもの》のバーマンが、たった一杯の失敗作を作ったがために、そして己のプライド故に店を閉める。彼が残しておきたかったのは、伝説だったのですよ」

「そんなのって、なんだか変じゃないですか」

「経営者が店をたたむというのは、それだけでプライドを傷つけられるものです」

ましてや、経営不振、立ち退き問題、諸々の借金。この世には、閉店に至る理由など腐るほど溢れている。ならば、最後に欠片《かけら》ほども残ったプライドを満足させて、やめたかったのではないか。

そういって工藤は、ビールの残りを飲み干した。

「やっぱり……ちょっと変。というか男って馬鹿ね」

「そんなものですよ」

「谷川さん、今頃どうしているかな」

「同じ空の下で、きっと元気にやっています。きっと」

「だったらいいけど」

そういうひずるを先に帰し、香月は「少しつき合わないか」と工藤を誘った。

二人して、細い路地から路地へと歩き、やがて世田谷《せたがや》公園にたどり着いた。

「ここで、朝までよく飲んだっけな」

「あの頃は二人ともすかんぴんでした」

「そのくせ、酒代だけはなぜか切れることがなかったな」

「そのかわり流行にも、他の遊びにも無頓着で」

ポケットのステンレスボトルを取り出し、一口あおって工藤に手渡した。

プラットバレイですか。そういえばこれが好きな人がいましたっけ。

そういって工藤がボトルに口を付け、歩き始めた。その背中に、

「爺さんな、死んだってさ」

「そうですか」

「俺に心配をかけたくない、哀れんでも欲しくない。そんな思いで小芝居を打ったの

だろう。伝説なんざ、望んじゃいなかったのさ」

お前のことだ、それもすべてお見通しなんだろうといってやりたかった。

「あなたに最後の幕引きをして欲しかったのですよ」

「迷惑な話だ」

「ああ、そういえば」と工藤が振り返った。その頭上に満月が柔らかく光をまき散らしている。

すっかり忘れていました。

ご結婚おめでとうございます。

プレジール

1

ただそれだけのこと。

冬の旨味がたっぷり詰まった大根を厚切りにし、下茹《したゆ》でしてテールスープで三時間ほどコトコト煮込む。ただそれだけのことですと、工藤はいう。

「……嘘つき」

小さくつぶやいたつもりだったが、彼の耳に届いてしまったらしい。

「どうかしましたか」

「だって」

弱火で煮込まれた大根にはテールスープのコクがたっぷりしみ込み、テールスープには大根の野性味と甘みが溶け出している。互いが旨味を循環させたスープを別取りして蟹《かに》のほぐし身をたっぷりくわえ、葛《くず》を引いてとろみをつける。熱々《あつあつ》の大根にこれをかけまわして、薬味の芽ねぎを加えてある。

ぜんぜん「それだけのこと」じゃないと思う。

わたしの気持ちを見透かしたのか、

「テールスープは市販のビーフコンソメで十分。蟹のほぐし身はスーパーの特売品で代用できますよ」

と、工藤は人懐こい笑みを浮かべる。胸につんとこみ上げるものがある。そんな一瞬が好きで、この店にどれほど通ったことだろう。

「準備はもう済んだのですか」

「あらかたは。友達も手伝ってくれたので、助かりました」

「お一人暮らしとはいえ、引越しは人生の一大イベントですからね」

「イベントはよかったな。でも確かに大変」

「お店もさびしくなります」

「さびしいのはわたしのほうです。向こうにも香菜里屋があればいいのだけれど」

いっそ支店を作りませんかと、半ば本気でいってみたが工藤の表情に変化はない。

……ま、無理は承知の助《すけ》ですがね。

人生はしばしば風向きを変える。そんな陳腐な台詞は口にしたくはないが、それでも己の意思とはまるで無関係に踏み出す足の方向を変えねばならぬことがあると、この半年ほどで、わたしは思い知らされた。神奈川《かながわ》県に生まれて高校卒業までその地ですごし、大学、就職、フリーライターという道のりは、すべて東京で過ごした。幼い時分に両親を亡くしたわたしにとって、道のりは決して順調であったとはいえぬまでも、それでも艱難辛苦《かんなんしんく》とは遠いところで生きてきたつもりだった。人生の大転換などという言葉はあくまでも他人事《ひとごと》であって、これから先もつつがなく今の生活が続くことに疑いはなかったのだ。

「引越しはいつですか。お手伝いしますよ」

「気にしないでください。マスターだってお忙しいでしょうから」

「長年にわたるご贔屓《ひいき》に対する、ほんのお礼です」

「けれど、不思議な縁だなあ」

「店の常連になったことですか。それとも」

十年以上前になるだろうか。そのころ参加していた自由律句の結社『紫雲律《しうんりつ》』で、わたしはある老俳人と出会った。というよりは彼の死を巡って山口県へと向かい、彼の数奇な人生をトレースしたことがある。

以来、山口県はわたしにとって特別な意味を持つ土地となったのだが。

「まさか、わたし自身が山口県民になるなんてねえ」

「人生は、まさかの連続ですよ」

アルコール度数の異なる四種類のビールがこの店の売りだが、気分はなんとなく日本酒を欲している。工藤にそう告げると、カウンターの下に設《しつら》えられた冷蔵庫から、グリーンの四合瓶《しごうびん》を取り出してくれた。

「ちょうどいいタイミングでした。無濾過《むろか》の生酒《なまざけ》が手に入ったものですから」

江戸切子《きりこ》の徳利《とっくり》に対《つい》のぐい飲み。とろりとしたお酒が注がれると、すぐに麴《こうじ》の素朴な甘さが香る。「肴《さかな》にどうぞ」と差し出された小皿には、なにかの切り身が盛り付けられている。

「赤貝に下処理をくわえて、酒盗《しゅとう》に漬け込みました」

「酒盗って、あの鰹《かつお》の内臓で作る？」

「鰹では癖がありすぎるので、鮪《まぐろ》の酒盗にしてみましたが、いかがですか」

工藤がわざわざ出してくれた一品がまずかろうはずがない。それぞれが単品で十分酒の肴となる素材を、あえて組み合わせて違う次元の味を作り出している。特に酒盗は赤貝にうまみを与えるのみで、そのものはどこにも見当たらない。けれど確かに彼

――？は皿の中に生きているのだ。

「やだ、なんだか切なくなっちゃった。もうすぐこの店ともお別れなんだなあ」

「地の果てに引越すわけじゃありません。飛行機を使えばすぐですよ」

目じりに水分の感触を覚え、あわてておしぼりを当てた。

「ところでね、工藤さん。最近、明美《あけみ》はこの店に来ている？」

「そういえば、お見えになっていませんねえ」

峰岸《みねぎし》明美は、この店で知り合ったやはり常連客で、年代が近いせいかわたしとはひどく気の合う飲み仲間だ。つい先だって池尻のバーマンと結婚した笹口、もとい、香《か》月《づき》ひずると三人で「居酒屋探検隊プレジール」と称して飲み歩いた時期もあった。プレジールはフランス語で「楽しむ」という意味らしい。

「彼女ね、二ヵ月前におばあちゃんを亡くしているのよ」

「そういえば、自宅で寝たきりとお聞きしていましたが」

「おばあちゃんね、どうしても病院はいやだってきかなかったんだ」

薬臭い病院で死にたくない。おじいさんの位牌《いはい》のあるこの家から、わたしはあの世に旅立つんだ。

老人の願いはもっともだろうが、家族には過剰な負担がかかってしまう。介護があらたな要介護人を生むという苦しい現実が、峰岸明美の家庭にものしかかった。それでもおばあちゃん子を自認するだけあって、明美はよくがんばったと思う。勤めていた会社を辞め、賃金的にも劣るパート仕事をしながら二年間、祖母の介護を続けたのだ。その間、プレジールはほとんど活動を休止している。

「おばあちゃんが亡くなった夜、彼女から電話がかかってきたの」

「そうでしたか」

「彼女、泣きながらいっていた。『これで母さんが楽になる』って」

「つらい言葉ですねえ」

明美の母親は、祖母の介護疲れから持病を悪化させ、こちらもまた入退院を繰り返していた。祖母の死は確かに悲しみには違いあるまいが、同時に解放でもあったはずだ。当然ながらプレジールは活動を再開するかに思われた。

「実際に彼女を誘って、出かけたのよ」

場所は銀座《ぎんざ》。銀座というと高級感をイメージするが、近くにオフィス街の有楽町《ゆうらくちょう》や新橋《しんばし》を有するだけあって、大衆的な店も少なくはない。そんな一軒で待ち合わせ、まずは明美の献身的な介護をねぎらう意味で、生ビールによる乾杯。そのときまでは、明美に異常は見当たらなかった。さすがにやつれた感じは否めなかったが、これから新たに就職先を見つけると話す彼女は、わたしたちが見知っている明美以外の何者でもなかった。

『女四十歳はまだまだ青春だあ』

『今夜は大いに飲み明かすぞお』

『男なんてねえ、いざとなったらなんの役にも立ちやしないんだから。ばあちゃんが床ずれで苦しんでいるのに、父親なんか手伝いもしないんだから』

『いってやれ、いってやれ。あんたの面倒はぜ〜ったいに看《み》てやらないって』

『老後は母さんと二人でひっそりと暮らすんだ』

『もしかして、結婚はもうあきらめたとか』

『ううっ、それは……ちょっと悲しいかも』

こんな会話で盛り上がっていたと思う。

そこへ注文しておいた肴がきた。

店の名物のモツ煮込みに、焼き鳥の盛り合わせ、酢の物、田楽《でんがく》、飯《いい》ダコの煮物。実に色気のない、おじさん臭《くさ》い肴の数々だが、「食べたいものを遠慮なく食す」というのがプレジール唯一の規則だから仕方がない。

「ははあ、モツ煮込みが有名というと、あの店ですね」

そういって、工藤がある屋号を口にした。

「さすがですね」

「あまりに有名ですから」

よほど下ごしらえがしっかりとしているのか、モツ特有の臭みが少しもない煮込みは、酒の肴ベストスリーに入れてよい、入れるべきだ、ベストワンだって構うものか。日ごろからそういって憚《はばか》らないだけあって、明美はすぐさま小鉢に箸《はし》を伸ばした。

「それでね、しばらくはさらに話が弾んでね……」

異変が起きたのは、わたしが山口県で知り合った男性と付き合っていること、つい先日、彼からプロポーズを受け、イエスと答えたことなど、まあ、もっぱらのろけ話が続いているさなかだった。突然口元を押さえた明美が立ち上がり、トイレに向かって走り出したのである。

戻ってきた彼女の顔色は、尋常ではなかった。ほんの数分前、女同士の気楽な会話に興じていた彼女は、どこにもいなかった。

「もしかしたら妊娠？　そんなことを最初は考えたんです」

「峰岸さんにお付き合いしている男性はいたのですか」

「いないと思います。だってそんな時間的な余裕、彼女にあったはずがないもの」

「あるいは、食べ物に問題があったとか」

「同じものをわたしも口にしているんですよ」

「体調にもよるといいますから」

トイレから戻ってくるなり明美は「ごめん」とひと言だけ言い残して、店を出て行った。わたしもあわてて会計を済ませ、彼女のあとを追ったが、その姿を見つけることはついにかなわなかった。

その夜も、翌日も、彼女の携帯電話に連絡を入れたのだが、不在を知らせるメッセージが流れるばかりで、繋《つな》がることはない。

「やはりおばあちゃんの死がよほどショックだったのでしょうか」

「それは大いにありえると思いますよ」

けれど、といったまま工藤は、その後に言葉を続けることはなかった。

そろそろ客が立て込み始めたのを見計らい、店を出たのは午後九時すぎ。わたしはそのまま池尻大橋《いけじりおおはし》へと向かった。地下鉄を使う気にはなれず、歩いてゆくことにした。

国道246号線は、今日も車でいっぱいだ。

まだ学生だったころ、渋谷《しぶや》で飲んでは、この道を歩いて下宿へ帰ったものだ。そのころ三軒茶屋は決して今のようにおしゃれな街などではなく、渋谷に最も近い下町でしかなかった。いつの間にか三宿《みしゆく》交差点の周辺に芸能人やマスコミ関係者が集まる店ができ、瞬く間に街は変貌を遂げた。隠れ家的お店とやらが増え、学生相手に安くておいしい料理やお酒を供する店は、隅っこに追いやられた気がする。そういえば、このあたりにおいしい屋台のラーメン屋があったっけなあ。偏屈なおじさんだったけど、スープが抜群においしかった。昨今関東で流行の豚骨ラーメンとは違い、なんだか懐かしい味のする白濁したスープだった。気のいいおばちゃんがやっていた定食屋は、ご飯のお代わりが自由だった。時にはそっと煮物の小鉢をサービスしてくれたっけ。

そんなことを懐かしみながら、やがて《プロフェッショナル・バー香月》に到着した。

重厚なドアを開けたわたしを待っていたのは、峰岸明美だった。

2

この間はごめんなさいね。急に気分が悪くなってしまったものだから。

そういって明美はぴょこんと頭を下げた。

「大丈夫なのね」

「うん、もうすっかり。お酒だってこうして」

顔の前にかざした大ぶりのタンブラーの中身は、彼女が好んで口にするモルトウィスキー。球状に削られた氷が、ライトの光を反射して美しい。

「相変わらず、渋いものを飲んでいるんだ」

「そういうあなただって、いつものブラディ・マリーでしょう」

しかもウォッカを強めの、といって明美は笑う。よかった、すべては杞憂《きゆう》だったらしい。少しだけ体調を崩していただけなのだろう。それもいたし方のないことだ。

「タバスコはどうしますか」と、バーマンの香月がいう。

ほんのワンダッシュ。それからウスターソースはいりません。マドラー代わりのセロリスティックも遠慮しておきます。

で。

「工藤さん直伝、魚介類のブイヤベースがありますよ」と新妻のひずるがいう。もちろんいただきます。ただし具は少なめで。香菜里屋で食べてきたところなので。

「どうもあいつの店は、俺の店の営業を妨害している気がする」

「そんなことありませんてば、香月さん」

現にお店はこんなに繁盛しているじゃありませんか。そういうと、ひずるが透き通った声で「それも気に入らないみたいなの」と笑う。

酒は静かに飲むべかりけり。バーは茶室に通じている。というのが香月の信条なのだそうだ。かといってあまりに静か過ぎると営業が立ち行かなくなる。その兼ね合いが難しいところなんだがと、いつもの言葉を香月は口にした。

「あれからどうしたの。電話も通じないし」

「ちょっとだけね。誰とも話をしたくなくて」

「パート勤めは辞めたんだっけ」

「それが人手がなくて、来月まで手伝うことにしたわ」

とりとめのない、だからこそ心安らぐ会話を続けていると、しみじみと思うことがある。やっぱり女友達はいいなあ。こうした人々を失うというのは、とても耐えられないだろうなあ。――わたしはもうすぐこの街を離れて、遠く山口県の住人となる。そこでもすばらしいプレジールを作ることができればよいのだけれど。

そのとき、店のドアが乱暴に開けられた。明らかに度の過ぎた酔客が、明美の横に座った。露骨にいやな顔をするほどうぶではないし、いざとなったら酔客のひとりぐらいあしらう自信がわたしにも明美にもある。

「マスター、こちらのお嬢さんたちにこれ、ご馳走してあげて」

酔客が、手にした包みをカウンターに置いた。

「お客さん、うちではそういうサービスはしていないんです」

香月の口調は静かだが、明らかに怒りが滲《にじ》んでいる。

「いいじゃないか、けちなことをいうなよ」

「本当に困るんです」

「こいつはただのおでんじゃないんだぞ。銀座でそれと名の知れたおでん屋で買ってきたんだ」

強引に包みを開いたとたん、バーにはそぐわない香りがあたりに広がった。

お客さん！　といったきり、香月は言葉を続けることができなかった。

明美が、胃の腑《ふ》の中にあったものすべてをカウンターに吐きこぼしてしまったからだ。

手を差し伸べようとして、わたしはできなかった。嘔吐《おうと》を繰り返す明美の苦悶《くもん》の表情におびえたのかもしれない。自らの服の汚れを気にするエゴイストが、身体のどこかで目覚めてしまったのかもしれない。

明美は嘔吐しながら泣いていた。泣きながらなにかをつぶやくのだが、それは良く聞き取れず、さながら異国の言葉に思われた。

香菜里屋の焼き杉造りの扉を開けると、かぐわしいバターの匂いと熱気にあてられた。この数日急激に下がった外気にさらされていたものだから、嬉しい一撃は軽いめまいとなって感じられた。

「お帰りなさい」と工藤がいつものように迎えてくれる。いつものように熱いおしぼりを手渡しながら、今日はいかがしますかと聞く。ただそれだけのことなのに、わたしの鼻の奥につんとこみ上げるものがある。

やっぱり……ただそれだけ。

あと幾たび、この扉を開けることができるだろうか。確実に訪れつつある香菜里屋との決別の日。工藤の顔もワインレッドのエプロンも、その胸元に施された精緻《せいち》なヨークシャーテリアの刺繍《ししゅう》も、すべてが記憶の一部になる。その日のためにわたしは三日前に山口へ行き、今日帰ってきた。

「山口はいかがでしたか」

「大陸からの寒波の影響でものすごい寒さです。瀬戸内《せとうち》で温暖な気候だって聞いていたのに、なんだか騙《だま》されたみたい」

当方は四十を過ぎた年齢ゆえに派手な結婚は望んではいない。三歳年下のパートナー、相田賢治《あいだけんじ》もまた然《しか》り。それでも二人が生活を共にするとなると、準備はあれこれ必要で、こうして山口と東京を行ったりきたりしている。

「それが楽しいんじゃないですか」

といったのは、常連客の北《きた》だった。他に客の姿はない。

「ああ、マスター。お土産《みやげ》です、博多《はかた》の辛子明太子《からしめんたいこ》。皆さんに分けてあげてくれませんか」

「いつもいつも、お気遣いいただいて恐縮です」

「なんだか営業妨害をしているようで、気が引けるのですが」

今夜は少しアルコールの強めのものをと注文すると、間もなく濃い目の色合いのビールが供された。唇にピルスナーグラスの硬質な感触があたり、すぐにホップのかす

かな苦味と芳醇《ほうじゅん》さが、舌を洗ってくれる。至福の一瞬も、

——モウスグ記憶ニ変ワル。

「明美さんのことですが……香月に聞きました」

と、工藤がためらいがちにいった。

十日ほど前、香月の店で粗相《そそう》をした明美は、その二日後に家を出たまま行方がわからなくなっている。もちろん、携帯電話は繋がらない。母親には「疲れたから旅行に行ってくる」と言い残していることから、家出人捜索願は出していないようだ。

「なにがあったのかなあ、明美」

「東京にいたくない理由があるのでしょう」

「でも、いくらおばあちゃんの死が悲しいからといって」

逃避行というのは、大袈裟《おおげさ》が少々すぎるのではないか。それほど弱い女性ではなかったはずだ、との思いもあった。

無言のまま厨房《ちゅうぼう》へと消えた工藤が、十五分ほどで戻ってくると、北とわたしの前に小鉢がそっと置かれた。素揚げしたクワイに頂き物の辛子明太子をほぐして添え、酢《す》橘《だち》をたっぷりとかけただけのものですがと、工藤はいうが。

やだな、「ただそれだけ」というひと言のリフレインが止まらなくなりそうだ。

ほんの小さな日常の欠片《かけら》があるか否か、それだけで人の幸福は左右される。わたしはこの店でそのことを教えてもらったし、逆に失う悲しみもまた実感しようとしている。

「明美も……なにかにぶつかってしまったのかな」

「人は、道端に転がった小石ひとつに躓《つまず》き、大怪我をすることがありますからね」

クワイをひとつ、つまんで口に入れた。辛子明太子と酢橘の相性がまことによろしく、クワイのほくほく感に鋭いアクセントを与えている。

あっ、これ本当においしい。今度、賢ちゃんに作ったげよう。これならわたしにだって、作れそうだもの。でも意外にとんでもない隠し味が使われていたりして。工藤マスターならば、やりかねないものねえ。

「頬が緩《ゆる》んでいますよ」と、北。

「からかわないでくださいよ、お願いですから」

「幸福が全身から滲んでいるようだ。ふむ、すでに人妻の色気がオーラとなっておる」

生業《なりわい》である、占い師の口調で北はいう。

確かにわたしは、今ある幸福に酔いしれているのかもしれなかった。香菜里屋を去り、東京を離れる悲しみさえも、スパイスにしようとしているのだろうか。それは峰岸明美のことにも通じているようだ。

気にしない、といえば嘘になる。けれど心のどこかに、彼女のことは本人が解決する以外にないのだという、突き放す気持ちがないではない。

そんなことを考えるうちに、時の流れにいつの間にか背を向けてしまったようだ。気がつくとすでに北の姿はなく、新たに三人連れの女性客がスツールで四方山話《よもやま》にふけっている。よきバーとは時間を置き去りにすることができるらしい。

「なにかおつくりしましょうか」

工藤の声が、現実に引き戻してくれた。

「ジントニックを」

少し辛めにしてくれますかというと、笑顔で工藤はうなずいた。

辛めのジントニックを注文すると、必ずといってよいほどバーマンはジンの量を増やすが、工藤と香月は異なる作り方をする。トニックウォーターの量を控えめにして、代わりにクラブソーダを加えるのだ。

「マスター、わたしはわがままでしょうか」

「明美さんのことをいっておられるのであれば少々見当違いかと」

「あるいは、幸福であるがゆえの驕《おご》りかも。失礼しました、少し言葉が過ぎたようです」

「けれど」

本当に、そうだ。

この人にしては珍しい鋭い言葉の刃が、わたしの胸のどこかをきりりとえぐった。

翌々日。わたしは峰岸明美からのはがきを受け取った。

消印は群馬《ぐんま》県下仁田《しもにた》町となっていた。

3

前略

ご心配をかけてごめんなさい。わたしは今、母方の実家のある下仁田にいます。香菜里屋の皆さん、お元気ですか。香月マスターには謝っておいてください。不調法しました、と。わたしは元気です。地元の食品加工工場で働いています。今はなにもいわないでください。ほんの少しの間、考えたり、自分を鍛えたりしたいのです。時期が来たら必ず三軒茶屋に帰ります。あるいはあなたはそのころ、すでにいないかもしれませんね。改めて、ご結婚おめでとうございます。どうか幸せになってください。

峰岸明美

近況報告のつもりならば、もう少し書きようがあるだろうに。どんな暮らしをしているのか、仕事は面白いのか、友達はできたのか……エトセトラ、エトセトラ。

「こんなはがき一枚じゃあ、余計に不安になるよなあ」

「よいではないですか、元気だって書いてあることだし」

イタリアの発泡ワイン、プロセッコのグラスを唇に当てながら賢ちゃんがいった。

「自分を鍛えるって、どういうことよ」

「肉体および精神の鍛錬ではないでしょうか」

年下のせいばかりではないだろうが、相田の賢ちゃんは今もどことなく遠慮《えんりょ》がちな話し方をする。わたしとしては己《おのれ》が姉さんであることを強調されてるようで、少しだけ癪《しやく》に障るのだが。

「プロセッコ、もう一本開けようか」

引越しまであとわずかだし、それまでには冷蔵庫の中身を片づけておきたいから。本当はもう少し二人の時間を堪能したいからだが、あまり酒が強いと思われるのも、これまた癪の種。

「このオイルサーディン、うまいですねえ」

「缶に詰めてあるオイルを捨て、新たにエクストラ・バージン・オイルを注ぐの」

「やっぱり都会人だねえ」

いうことがいちいち洒落《しゃれ》ていると、お国言葉丸出しの口調で賢ちゃんがうなずく。その目には「大丈夫？　田舎暮らしなんて」という光が宿っているようだ。気にしない、気にしない、山口県っていいところだよ。すっかり気にいっちゃった。

この日、賢ちゃんが世田谷のわがマンションにわざわざやってきたのは、部屋の片づけを手伝うためだ。そんなもの一人でできるからと、いったんは断ったのだが、すみません、ついでに六本木ヒルズを見てみたいものですから、あと浅草の浅草寺《せんそうじ》近くに有名な蕎麦《そば》屋さんがあるとかで、昼酒とやらを楽しんでみたいかな、などなどありまして、と電話口でいわれるとどうにも断りきれず、そして賢ちゃんはここにいる。

「でも助かった。やはり男手があるとないとではずいぶんと違うなあ」

「そういってもらえると助かります」

「明日は、雷門《かみなりもん》近くの藪《やぶ》そばに行ってみようか」

「……プレジールですか」

「えっ、なにかいったの」

賢ちゃんの言葉はあまりに唐突で、わたしは反応を失うしかなかった。

プレジールって素敵な言葉ですよね。いかにも女性らしくて、どこか快楽的で、それでいて男の存在を無視してしまう茶目っ気があって、好きだな、プレジールという言葉。でもね。

「楽しむという言葉が、どうにも背負いきれなくなるときもあるじゃないですか」

「それって、明美のこと」

「がんばれ、がんばれって励ましの言葉が、呪《のろ》いの忌み言葉になることだってあるんです」

「その話、聞いたことがあるよ」

負けるな、くじけるな、立ち向かえ、その言葉の重みに耐え切れぬことが、人生のシーンにはままある。どうしてここで立ち止まってはいけないのか、後ろを振り返ったっていいじゃないか。ほんの少しだけ、しゃがんで地面を見つめるくらい、どうってことはない。そう思える人は幸せだし、本当の強さを身につけているといってもよいだろう。けれど多くの人は前を見つめられない自分を責め、立ち止まってしまったわが身を鞭《むち》で打つ。

かくして、悲劇は起きる。逆もまた然り。

「じゃあ、明美は逃げ出してよかったんだ」

「そう思ってあげませんか」

「強引に楽しめといっても、心と体がついてゆけなくなることもある、か」

「もしかしたらその女性、過酷な仕事をしているかもしれませんよ。とりあえず身体を痛めつけることで、負の感情を抑え込もうとしているのかも」

そのときだった。わたしの心のどこかで、すとんと納得する感情が生まれた。明美の問題もさることながら、どうしてわたしは賢ちゃんと結婚することを決めたのだろう。

なんだ、答えは簡単だった。

普段は日向《ひなた》の水溜りみたくボーッとしている彼だが、時として真実を見通すかのような鋭さを発揮する。まるで香菜里屋の工藤マスターみたいに。彼に恋愛感情を抱いたことなど一度としてなかったが、どこかでこうした男性を求めていたのかもしれない。

「優しいなあ、賢ちゃんは」

「性格がぬるいだけですよ」

「そうだ、賢ちゃん、これからちょっと出かけてみない？」

「これからですか。もう夜中の十時過ぎですよ」

忘れていた。この部分だけは再教育を施さねば。午後十時は絶対に夜中ではない。

「紹介しておきたい店があるの」

「もしかしたら」

「そう、香菜里屋へいざ赴かん！」

わたしは立ち上がった。


この日のお通しはスモークサーモンといくらのマリネ。ほんのちょびっと添えられたキャビアが、心憎い。

初めてお目にかかります、店主の工藤です。

注文したわけではないのに、工藤がシャンパンのハーフボトルを用意してくれた。

「まさか、ヴーヴ・クリコじゃないよね」

と、常連客の石坂修が笑った。

「いくらなんでも、わたしたちのときみたいなことは」

妻の美野里《みのり》もまた、稚気が滲む声で笑う。すると工藤が頭を掻《か》きながら、

「お二人とも、よく覚えておいでで」

「だって工藤さんたら、『未亡人』なんて単語の入った銘柄を、結婚祝いにご馳走《ちそう》してくれるんだもの」

ヴーヴ・クリコ。すなわちクリコ未亡人であるとか。

「今回は大丈夫。モエ・エ・シャンドンをご用意させていただきました」

そして、店の全員で乾杯。

優しくて、豊かな時間は瞬く間に過ぎていった。気がつけば店内には、わたしと賢ちゃん以外にいない。そして当の賢ちゃんはというと、部屋で飲んだプロセッコと店で飲んだシャンパンがよほど効いたのか、カウンターに突っ伏し白河夜船《しらかわよふね》をこいでいる。

「すみません。ご迷惑をおかけして」

「とんでもない。とてもよい人ですね」

「それだけがとりえで」

と、まあ、これからの長い人生を共に過ごすパートナーを褒《ほ》められて嬉しくないは

ずはないが、一応は謙遜《けんそん》してみる。

箸休めにと出された小皿は、からすみのスライスを大根の浅漬けではさんだ一品。柚子《ゆず》の香りがよく効いている。

「また、お酒が進んでしまいそう」

「先日の純米酒が残っていますよ」

「じゃあ、一杯だけ」

わたしは、セカンドバッグから明美のよこしたはがきを取り出し、酒を注ぎ終えた工藤に手渡した。短い文面だから、読み終えるのに二分とかからない。

「どう思いますか」と尋ね、わたしの大切な、大好きな賢ちゃんの意見を話してみた。

「自分を鍛える……ですか。奇妙といえば奇妙ですね」

「どうして自分を鍛えなければならないのかなあ」

しばしの沈黙。その間に工藤は自分専用のグラスにビールを注ぎ、少しずつ口に運ぶ。

この姿をいったい何度見たことだろう。グラスの中身が空になるころ、工藤はいつだってひとつの物語を口にする。「あくまでも推測の域を出ませんが」なんていいながら。

「あるいは……明美さんが働いているのは、下仁田の蒟蒻《こんにゃく》製造工場かもしれませんね」

「はあ？」

どうも調子が出ないみたい。どうしてそんな言葉が出るのだろう。

「いえ、ほんの思いつきに過ぎませんよ」

だって、と工藤は困ったような含羞《がんしゅう》の表情を浮かべる。

「明美さんに最初の異常が見られたのは、確か煮込みを食べているときでしたね。次に香月の店ではおでんの匂いに反応するかのように、異常を訴えています。間もなく彼女は東京を離れて、群馬県の下仁田へと向かう。もしも、です。これらのことに共通した関係があるとするならば、キーワードは蒟蒻なのですよ」

「もしかしたら、ミッシング・リンクというやつですね」

「モツの煮込みにはたいてい蒟蒻が入っていますし、おでんについては欠かせざる食材です」

「そして下仁田は、蒟蒻の名産地」

「つまるところ、彼女は一時期、蒟蒻をまるで受け付けない身体となり、それを克服するために下仁田へと向かった、とは考えられませんか」

「どういう意味ですか、謎《なぞ》かけですか」

「それほど大げさなことではありません」という、工藤の表情に、なんだか暗い影が見えた気がした。いったいどんな過去があったのだろうか、この人は客の喜怒哀楽を見事なまでにトレースする能力を有している。だとするならば、明美の身にはよほど苦しいことがあったということなのか。

「老人介護というのは、余人が想像する以上に大変なものです」

「ええ、わかっています。だから明美は」

「中でも……その……大変なのは汚物の問題と聞いています」

「つまりは、しもの世話ですね」

「肉親とはいえ、排泄物《はいせつぶつ》は排泄物です」

工藤の言葉は控えめだが、切実な響きを持っていた。

いかに紙おむつが発達したとはいえ、そこには介護人をうんざりとさせる現実が待っている。否応なしに迫られる、日々の世話。愛するものゆえに、逃れられぬ現実は介護する側を苦しめる。

「それが、どうしたというのです」

「蒟蒻は、一般には消化することができません」

「だからこそ、ダイエット食品に使われますよね」

「たとえば、です。蒟蒻の主成分であるマンナンを、要介護者に大量に食べさせたとしたら」

「消化されないマンナンは、身体の中を素通りすることに……」

工藤の苦悩が正確に理解された。あまり愉快なことではなかったが。

いくら愛する祖母とはいえ、排泄物の処理は明美を苦しめたことだろう。愛するがゆえに、悲しかったかもしれない。そんな時、彼女の中で現実と願望がうまく折衷案を見出したのではないか。

たとえば大量の蒟蒻をミキサーで砕き、日々の食事に混ぜたとしたら。

その案は実に大きな効力を発揮する。ならばもう少し、もう少し。クラッシュした蒟蒻の量をさらに増やしたとしても不思議はない。

「しかし、です。その分、要介護者は必要な栄養素を取れないことになってしまうのです」

「じゃあ、明美はもしかしたら、自分がおばあちゃんの死を早めたのではないかと悩んで」

「それは違います」

「でも！」

「もしそうであるなら、彼女は蒟蒻製造工場で働いたりはしない」

「確かに、そういわれてみれば」

明美は未来永劫《えいごう》苦しみを背負い、蒟蒻を拒絶する自分を矯正《きょうせい》しようなどとは考えないだろう。彼女の中から、プレジールという言葉は永久に失われたにちがいない。

「ならば答えは、もうひとつ見つかるはずです」

「と、すると……」

いた、もう一人。明美の祖母を介護するのに疲れ、持病を悪化させて入退院を繰り返すことになった人物が。ましてや彼女の出身は群馬県の下仁田だ。蒟蒻の効用については知り抜いている。

「じゃあ、母親が」

「そのことを知った明美さんは苦しみました。母の苦悩は痛いほど理解できる。ですが愛する祖母の死を早めたかもしれない事実は許せない」

「それで……蒟蒻を受け付けない身体になったのですか」

「けれど、これから先も母親と一緒に暮らすには、その事実を克服する以外にありません」

「だから、あえて蒟蒻製造工場に？」

「そう考えるのが、自然ではないかと」

かなわないなあ、相変わらず。愛する賢ちゃんの洞察力だって相当《そうとう》なものだけれど、やはり工藤マスターにはかなわない。それはそれで認めざるをえないが、ちょっぴり意地悪な気持ちになって、こうたずねてみた。

「マスター、でもそれってちょっと推理が飛躍しすぎない」

「もちろん、ただの当て推量ですから」

「そういう意味じゃないの。どうしてそんなにも飛躍した推理が成り立つのかということ」

しまった、いうんじゃなかった。

軽く目を伏せ、眉間《みけん》にしわのアンテナを二本、くっきりと刻み込んだ工藤の顔を見て、わたしははげしく後悔した。

「ごめんなさい、変なこといっちゃったみたいで」

「そんなことはありませんよ」

そういって工藤は、もう一杯、自分のグラスにビールを注いだ。

おっしゃるとおりです。ネタを明かせば簡単な話です。
もういいよ、工藤マスター。なにもいわなくっていいから。
けれど、話の口火を切ったわたしには、続きを聞かねばならない義務がある。
「実は……昔の話ですが」
工藤の話はほんのひと言で終わった。文字に直して二十字分あまり。
ちょっとつらい内容だったので、酔いに任せて忘れることにした。
わたしは賢ちゃんの肩をゆすって、店を出た。お会計を、と何度かいったのだが、
工藤は決してそれを許さなかった。
お幸せに。いずれまた遊びに来てください。
はい、長い間お世話になりました。飯島七緒《いいじまななお》、結婚します。幸せになります。

ただそれだけのこと。

背表紙の友

1

　あれは中学生の頃だったかね。われわれませガキの間で「山田《やまだ》カゼタロウが凄《すご》いらしい」という噂《うわさ》が密《ひそ》かにひそかに、けれど侵蝕《しんしょく》の勢いで広がったことがある。山田風太郎のことなんだが、なぜかわれわれの間では「カゼタロウ」だった。単なる読み違い？　そうともいえるが、もしかしたら周囲の大人にわからないように隠語化していたのかもしれない。なにせ「忍法帖」シリーズの表紙からしてエロスに満ち溢《あふ》れていた。あの淫靡《いんび》なイラストを見ただけで、中学生の妄想《もうそう》は果てしなく膨張《ぼうちょう》していったものさ。当然仲間内では「読んだもの」と「読まざるもの」に二分される。読んだものはことさら声を潜《ひそ》め、その内容を一抹《いちまつ》の優越感と後ろめたさ、含羞《がんしゅう》をこめて語ったものだよ。おおかた親兄弟の本棚からこっそり借り出したか、あるいは同様にこっそりと本屋の棚から無断で持ち出したものか。あの表紙を堂々とレジに持ち込む勇気はなかったからねえ。ましてや近くの本屋のレジにはそこの娘さんがいつも座っている。許されることではないが、幼い劣情《れつじょう》は時として良識を凌駕《りょうが》するものだよ。

わたし？　残念ながら読まざるものの側にいた。ところがこれまた欲望とは恐ろしいもので、読めないとなると、その思いは募《つの》るばかりだ。読みたい、読みたい、だがどうしても買うことができない、いっそ小さな子供に頼んで、買ってきてもらうか。いや、そんなことをしてレジの娘さんに咎《とが》められたらどうしよう。坊や、だめヨ、こんなものを読んでは。ちがわい、あのおにいちゃんに頼まれたんだい。まあ、ませたガキねえ。いかんですわ、そんな展開になったら最悪だ。たちまち噂が学校中に広がって「エロ坊」なんてあだ名をつけられかねない。どうする、読みたいがどうしようもないのか。万引きを決意するほどの蛮勇《ばんゆう》は持ち合わせてはいないから、ひたすら煩《はん》悶《もん》したよ。田舎町《いなかまち》のことゆえ、他に本屋もない。だが至誠天に通ずとでもいうのか、ちょっと違う気がするが……まあいい。とにかく妙案が浮かんだんだ。ネックになっているのは例の表紙だ、いやイラストだ。

ならば！

他の文庫と表紙を取り替えてしまえばよいではないか。これをトリックといわずしてなんという。ちょうどよいことに、高村光太郎《たかむらこうたろう》の詩集と山田風太郎のさる「忍法帖」とは値段が同じだった。はやる心を抑え、人目に付かぬように二つの表紙を入れ替えたわたしは、何気ないふりをして――心臓は爆発寸前だったが――レジへと向かい、代価を払って店を出たんだ。早速読み始めた山田忍法帖だが、これが面白かった。凄《すさ》まじいばかりのエロスに圧倒されたといってよい。そうなるともう歯止めが利《き》くはずもなく、一冊、また一冊とわたしは山田作品と別の本との表紙を取り替え、コレクションを増やしていったというわけさ。だが、今となっては後悔することしきりだ。山田忍法帖を買ったつもりの別の客はさぞ驚いただろう。期待に胸ときめかせ、ページをめくったとたんに「道程／僕の前に道はない」なんて文字が目に飛び込んでくるのだから。

若き日のおろかなる過《あやま》ちというやつです。つまらない話を聞かせてしまいましたね。

客の絶えた店内で、東山朋生《ひがしやまともお》は「ねえ、工藤君」と話しかけてみた。

「ビールのお代わりでもお持ちしましょうか」

「そうだね、アルコール度数の一番高いものを」

ロックスタイルではなくピルスナーグラスにと言い添えると、工藤が一瞬表情を変えた。が、それ以上はなにもいうことなく、目の前に注文通りの飲み物が届けられた。

「七緒ちゃんは元気でやっているだろうかねえ」

「まだ新婚三ヵ月ですから」

「そりゃあそうだ。……にしても山口県はずいぶんと遠い」

箸《はし》休めにと、出されたのは刻《きざ》みピータンと賽《さい》の目に切った大根の浅漬けの和《あ》え物。さっと振りかけられたライムの果汁が仲介役となって舌を新鮮にする。

「先ほどのお話、ずいぶんと面白かったですね」

「ああ、山田風太郎のあれかい。いやなに、若い時分の思い出話に過ぎないよ」

「いろいろ考えるものですね」

ところで、と工藤がわずかに言いよどんだ。

先ほど話していた二人連れとは、どこかで会ったことのある知り合いですかという問いに、東山は黙って首を横に振った。どうしてそんなことを口にするのか、そもそもこうした場所は見知らぬ同士が旧知のごとく振舞う異空間でもある。そうやって本当に古いなじみとなった知人も少なくはない。先ほど話題に上った飯島七緒ともここ

で知り合い、そして先日別れを惜《お》しんだ一人である。工藤の言葉にふと違和感を覚えて、

「どうしてそんなことを聞くの」

「われわれはお客様への奉仕者であると同時に、単なる置物です」

東山が発した問いに、工藤がためらいがちに答える。

カウンターの中で自分は客のために奉仕するが、同時に客の会話には決して立ち入らない置物でなければならない。工藤はそういっている。しかしそれが、香菜里屋の真実でないことも、東山は知っている。客が持ち込む謎に密かに耳を傾け、見つかりそうにない答えをさりげなく提供するのも、この男の仕事であったこと、二度や三度ではきかない。答えというには大袈裟《おおげさ》過ぎるかもしれない。工藤が提供するのはあくまでもひとつの考え方であり、解釈に過ぎないからだ。それでもその唇から発せられた言葉には、なぜか真実の重みが感じられる。

――この男、商売を間違えたかな。

やはり常連で世田谷署に勤務する木村ならば、そんなことを思うかもしれない。工藤が詐欺《さぎ》師になったら、裏の世界でさぞや凄腕を発揮してくれるのではないか。

「先ほどのお話、きっかけはどのようなことから始まったのでしょうか」

「どうだったかな。飲み屋の会話なんて、きっかけは他愛のないものだよ」

「確かに。けれどわたしにはどうしても話が唐突に思えて」

「そういわれてみればそうかもしれない」

東山の隣のスツールに座っていたのは、男女の二人連れ。初めて見る顔だが、男のほうがなかなかに人懐こく、やがて三人は胸襟《きょうきん》を開いて会話するようになっていった……と思う。

「特に男性ですが、山田風太郎先生のファンですか」

「そんな話は出なかったな。どうやら本好きであることは間違いなかったようだが」

そう。最初は好きな作家の話題がきっかけだったろうか。いや違うと、東山は記憶の糸を手繰《たぐ》り始めた。

プロ野球の贔屓《ひいき》チームの話。違う、自分はほとんど興味がない。

店で出された料理の話。それも違う。彼、確か浜口《はまぐち》といったっけ。自分は味覚音痴《おんち》でしばしば家人の不興を買うのだとか。

芸能界？　ますます違う。ここ数年話題になっている芸能人の顔の区別がまったくつかないほどだ。

「君はなにを気にしているのだろうか」

「それが自分でもわからないのです。だから余計に引っかかってしまって」

「心のどこかに刺さった棘《とげ》を抜きたいんだ」

なんだ。やはりこの男、単なる置物ではありえない。けれど、珍しいことに答えを探しあぐねているようだ。

「話の中に出てきた本屋さんは、たぶん古書店ですよね」

「えっ、そんなことまで話したっけ」

「いえ、たぶんそうではないかと思っただけです」

「そうなんだ。僕が中学時代をすごした町は信州の田舎でね。町には新刊本を扱う本屋なんてなかった。あのころは今のようにコンビニもなかったから、新刊は年に何度か親父に連れられて出かける、松本市でしか手に入らなかったんだよ」

それにしても、と東山はいった。どうして町に一軒しかない書店が古書店であることに気づいたのか。

工藤がビールグラスの縁をそっと舐《な》め、

「表紙と中身を入れ替えるなんて、なかなか妙案でした」

笑った。

「何冊もやっちゃあ、いけなかったかなあ」

「まあ、時効でしょう。金銭的な被害をもたらしたわけでもありません」

「で、どうしてわかった」

「新刊本専門の書店では、あのトリックは成り立たないからです」

一度きりならばいざ知らず、幾度も繰り返せば必ずばれる。

なぜか。

「新刊書籍には必ずスリップと呼ばれるものが差し込まれています」

「なんだい、それは」

「ほら、二つ折りになった栞《しおり》のようなものです」

「なるほど」

それならば東山も知っている。書籍をレジに持ち込むと、書店員はそのスリップとやらを必ず抜き取って、カバーをかけるなり、袋に入れるなりして客に手渡してくれる。そこには書名、著者名、値段、出版社名などが明記されていたはずだ。一度きりならばいざ知らずと、工藤がいったのはそのためだ。表紙の書名とスリップの書名が違っていたのでは一目瞭然《りょうぜん》というわけだ。

「それが何度も成功したのは、スリップの入っていない古書だから、か」

「そういうことです」

スリップは書店を介して出版社に戻される。それによって出版社は書籍の実売数、万引きその他による被害の誤差を差し引いた販売数を知るのだとか。また、スリップ一枚につきいくらという、報奨金が出ることもある。まあ、どうでもいい知識ですがといって、工藤は厨房《ちゅうぼう》に消えた。

そのタイミングを計っていたかのように、甥《おい》の石坂修《いしざかおさむ》・美野里《みのり》夫妻が店にやってきた。

「あっ、ずいぶんと待たせてしまいましたか」

「そうでもないさ」

「ちょっと出がけに電話がかかってしまったものだから。これがまたしつこいくらいに長電話で」

そういいながらスツールに腰を下ろした修が、東山の前に置かれたピルスナーグラスを見るなり、あっと小さく声を漏らした。僕たちにも同じものをと、厨房の工藤に声をかけると、今度は東山が驚く番だった。

「珍しいものを注文するじゃないか」

「それは叔父《おじ》さんだって」

そういったきり、二人の間に会話が途絶えてしばしのち、

「やはり決めたんですか」

といったのは修だった。

「うん。わたしももう若くはないからね」

「叔父さんがそのビールをピルスナーグラスで飲むのは、いつも大きな決断に迫られ、実行に踏み切るときですからね」

「会社には、来週にも辞表を出すつもりだよ」

「大丈夫なのですか」

「辞表を出したからといって、すぐに受理されるとは思わないが」

たぶん、半年やそこらは残務処理に追われるだろう。仕事の引継ぎのみならず、数人の部下にはこれまで己の中に蓄えたものをすべて伝えねばならない。

「いよいよ第二の人生ですか」

「それほど大袈裟なものではないさ」

いったんビアサーバーの前に立ち、石坂夫妻用の飲み物を用意して厨房へと戻った工藤が、ノリタケの中皿を手に三人の前に立った。「お好きだったでしょう」と、東山に向かっていう、皿の中身はオムレツである。ナイフを入れるまでもなく、立ち上る湯気がオムレツの中身を教えてくれた。ジャガイモと牛肉を甘辛く煮た、いわゆる肉じゃがである。醬油《しょうゆ》味を効かせた出汁《だし》にとろみをつけ、ソース代わりにかけまわしてある。

「驚いたなあ、どうしてわたしが食べたいものがわかったの。もしかして工藤さんて超能力者」

歓声を美野里があげる。

「だから、これは叔父さん用のメニューなんだってば」

「いいよ、気にすることはない。みんなでつつこうじゃないか」

小皿に取り分けてしまえば、一人前のオムレツの量などたかが知れている。たちまち皿の中身はおのおのの胃袋に消え、幸福な沈黙がその場に居座った。

「やはり、君にもわかっていたんだ」

工藤に問いかけると、その顎《あご》が縦に振られた。

「石坂様と同じ理由で、たぶんそうではないかと」

「実はね」と、東山は頭頂部を掻《か》きながら話し始めた。

2

二ヵ月ほど前のことになる。

かつて香菜里屋の常連で、今は岩手県の花巻《はなまき》で小料理屋を営む日浦映一《ひうらえいいち》から一通の手紙が届いた。

「それは知りませんでした」

「あえて誰にもいわなかったんだが」

話の発端はそれからさらに半年前にさかのぼる。あるプロジェクトを無事終了させた東山は、溜《た》まった有給休暇をこなす目的もあって東北地方に旅立った。途中、日浦の営む《千石《せんごく》》へ立ち寄ることも計画のひとつだった。

「そうですか、お元気でしたか」

「店もまずまず繁盛しているようだったよ」

「それは良かった」

「いつだったか、君も花巻に出かけたんだってね」

「はい。少々店のお手伝いをさせていただきました」

「メニューを増やしてもらって助かったと、感謝していたよ」

特に急ぐ用件もなかったから花巻で二泊し、店の連休を利用して、日浦夫妻と雫石《しずくいし》へ寄った折のことだった。

「これが実になにもないところでね」

携帯電話はもちろん通じず部屋にテレビはあるもののNHK以外の民放はただひとつしか映らない。街灯もろくにない。飲食店は旅館の周りに二軒のみ。食事を済ませてしまえば、あとは酒を飲みながら話をする以外に、時間をつぶす術《すべ》はない。

旅館の主人は日浦の妻の古くからの知り合いで、数年前までは県の農業試験場の技官だったが、一念発起して休業状態の旅館を買い取り、主となったという。

「だから非常に素朴な、いかにも昔ながらの旅館でね」

「それはそれで昨今、貴重ではありませんか」

「そうなんだよ、工藤君。食事は米も料理も地元で採れたものしか使わない。味噌《みそ》は自家製、漬物は近くの農家のおばばが漬けたものでね」

もちろんすべて無添加。漬物はちゃんと塩の味がするし、味噌はほのかに麴《こうじ》の香りがする。翌朝は和食か洋食を選択できて、それぞれに使われる卵は旅館の一角に置かれた鶏小屋から朝採り直送。目玉焼きに添えられるベーコンまで、主人が敷地内の燻《くん》製《せい》小屋で手作りしたものだという。

「貴重……というよりは都会では望むべくもない贅沢《ぜいたく》ではありませんか」

「すっかり惚《ほ》れこんでしまったんだ」

「雫石に、ですか」

「夏になれば蛍《ほたる》が乱舞し、自生のわさびも採れるっていわれてねえ」

「東山さん、なんだか遠い目をしていますよ」

工藤は苦笑交じりにいうが、東山はあくまでも本気だった。

四十代の半ばに差しかかっても、人生を振り返るよりもこの先を考えることのほうが多いままだった。特に縁遠かったわけではないがなぜかこれまで独身を通してきてしまった。三十代のころにはそれでも人並みに結婚願望もあったのだが、それをすぎるとあきらめ半ば、気楽な生活を楽しむ気持ち半ばで、結婚そのものに対する関心が薄れてしまったようだ。このまま五十歳を迎えてしまえば、あとは定年までまっしぐらだ。じゃあ、その後はどうなる。会社組織に属していれば、友達らしきものもできるが、そこには複雑に絡《から》み合う人間関係があり会合があり、喜怒哀楽があり、季節季節には宴会もある。だが組織を離れた人間に、なにが残るというのだろうか。なにもありはしないのである。だとすれば、残り二十年以上の年月を、どう過ごせばよいのだろうか。趣味といえば読書と映画鑑賞くらい。ギャンブルともほとんど無縁の毎日だった。

「少しくたびれていたんだね。己の来《き》し方《かた》行く末というものに」

「東山さんばかりではありませんよ」

「工藤君はいいよ、自由で。この店があり、客がいて、きっと死ぬまで退屈することはないだろう」

「自由とは、野垂れ死に覚悟の自由とも申します」

「わたしにはそんな自由すらない。組織を離れてしまえば、たちまち真っ白になってしまうだろう」

それが突然恐ろしくなった。器物一つない寂《じゃく》とした荒野《こうや》に立ちすくむ己の姿を想像すると、胸かきむしられる思いがした。それでも勤め人である限り、立ち止まるわけには行かない。日々の責務をこなし、プロジェクトを終了させた東山が、突然東北への旅を決意したのは、心のどこかにかすかな予感があったのかもしれなかった。期待といっても良い。

「雫石の旅館の主人とは奇妙にうまが合ってしまってね」

「東山さんも技術畑の人ですから、もと農業試験場の技官とならば、たしかに」

「東北人はよく訥弁《とつべん》だといわれるが、それは違うとわかったよ。胸襟を開いてしまえば実に能弁なんだ。ただし話していることの半分も理解できないがね」

旅館には湯量豊富な源泉もあり、客の入りは悪くないという。ただし、人手が絶対的に足りない。今は夫婦二人でなんとかこなしているが、どちらかが倒れてしまえば業務が立ち行かなくなる。部屋数に対して人手が足りないために、予約を断ることさえあるという。

「なるほど事情はよくわかりました」

「主人がいうのさ。旅館業は大変だがやりがいもある。どこかにいい番頭はいないかと方々当たっているのだが、なかなかこれぞという人物はいない」

「それで、東山さんにどうか、というわけですね」

「よくいえば白羽の矢が立てられた、悪くいえば窮余《きゅうよ》の一策の人事？」

「それはないでしょう」

そして話は日浦からの手紙に戻る。

手紙には、雫石の旅館の主人が近く上京する由《よし》、一献《いっこん》傾けたいがご都合はいかが、と書かれていた。

「そんなこと電話で話せばすむことじゃないか。それをわざわざ人づてに手紙をよこすなんて」

「その人物が律儀な証拠ですよ」

「わたしもそう思った。たぶん電話では話が通じないと思ったのだろう。なにせこちらにまで伝染しそうなほど強烈な、東北訛《なま》りの持ち主だから」

なによりも、人の都合を聞くのに電話では礼を失すると考えたのだろう。日浦に手紙を頼んだのも、一面識しかない人物に直接手紙を送る非礼をためらったからにちがいない。そのことですでに、東山は決意を半ば固めてしまったといってよい。

「東山さんが思われるほど、接客業は楽しい仕事ではありませんが」

「それも考えた。十分に考えたよ」

だが技術畑の人間として、クレーム処理に当たることも珍しくはなかった。発注主のわがまま、購買客のわがままはあたりまえの世界でこれまで生きてきた。

「ならばもう、なにも申し上げることはありません。東山さんの旅立ちを心よりお慶《よろこ》び申し上げます」

「ありがとう。ああ、それにしても！」

「それにしても、なんですか、叔父さん」

それまで黙って話を聞いていた石坂修が、言葉の続きを促《うなが》す。

いつの間にかカウンターには、新たなピルスナーグラスが置かれていた。

「それにしても、あっけなかったなあ」

「会社を辞める決心をしたことが、ですか」

「それもある。が、会社員生活そのものが、今から考えるとあっけないものだったと思ってね」

「そんなものですか」

「そんなものだよ。お前さんにもわかるさ、そのうちに」

うなずく甥っ子の、どこか思いつめたような目つきが、東山には気になった。

3

会社に提出した辞表は、多少の慰留はあったものの思ったよりも簡単に受理された。これもまたあっけなかった、といってよい。己の蓄積をすべて伝えておかねばと考えていた数人の部下も、辞めてゆく上司に教わるものなどないといった態度があからさまに見え、あきらめた。しょせんはその程度の上司だったのだと思えば、むしろ気楽だった。

残務処理、引継ぎを二週間ほどで終えると、東山は会社にとってとたんに無用の人、過去の人となった。

退職は月末だったが、それまでなにもすることがないのでは、気が滅入る。残っている有給休暇を消化すると、具合が良いことに残りの日々とほぼ一致することがわかった。そうなれば誰に遠慮することがあろう。翌日から東山は会社を休み、引越しの準備に取り掛かった。

「変わった宅配物が届いているのですが」

香菜里屋の工藤から電話がかかってきたのは、数日後のことだった。

そういえば、転居の準備に追われて、しばらく店に顔を出していない。あの工藤が「変わった」と表現する宅配物とやらにも興味があって、東山は香菜里屋へと出かけた。

「お待ちしておりました」

焼き杉造りのドアを開けると、いつものように工藤が迎えてくれる。これがもうすぐ「いつものように」でなくなることが、不意に実感として胸に迫った。

「なにか変わった荷物が届いたんだって」

「はい。たぶん、東山さんにかかわりのあるものではないかと、思いましたので」

厨房に入った工藤が、すぐに小包を持って現れた。

「これは……冷凍便だね」

「はい、中身は馬肉でした。刺身用の、極上品です」

「どうしてこれを、わたしに？」

「中にこのようなメッセージが入っていましたので」

小さな名刺大のカードだった。


先日はご馳走様でした。堪能いたしました。地元の名産品ですが、どうか皆様でお召し上がりください。ことに、わが背表紙の友に。


「背表紙の友？　なんだいそれは」

「たぶん、東山さんのことではないかと」

そして、送り主は浜口という、例の客ではないかと、工藤はいう。

「送り状を見ればわかることじゃないか、誰からの発送かは」

「それが、馬肉販売店になっているんです。たぶん専門店の宅配サービスを利用したのでしょう。電話をかけてみましたが、誰が依頼したかはわからないそうです」

「そいつは不気味だな。まさか剣呑《けんのん》なものでも仕込まれちゃあいないだろうね」

「それは大丈夫です。荷物が届いたのは午後一時ころ。送り状から販売店と電話で連絡を取り、怪しいものではないことを確認したうえで、わたしが味見をしてみましたから」

そうそう手に入るものではない、極上品ですと、工藤は何事もなかったようにいう。

「でも、どうして送り主が浜口氏だと？」

「それは……あの夜のことを考えると、どうしてもそう思えるのですよ」

とりあえずは飲み物をお出ししましょう、と工藤がカウンターの中に入っていった。

それなら、今日はノーマルのビールを。

グラスが置かれ、厨房に入った工藤が、有田《ありた》の小皿を持ってきた。鮮やかな有田の赤絵にスライス玉ねぎが敷き詰められ、その上に切り分けた馬肉が載せられている。さらに散らされているのは、塩漬けオリーブのスライスだろう。

「先ほど、カルパッチョに仕立てておきました」

口に入れると、馬肉特有のねっとりとした食感に、脂身《あぶらみ》の旨味が溶け出し、口中を

覆い尽くした。長野県で中学時代を過ごした東山にとって、馬肉は日常的に口にしてきた食材でもあった。が、

「うっ、うまいな、これは。うまいし、なんとも懐かしい」

「実はそこなんです。わたしが馬肉の送り主は、浜口氏ではないかと考えたのは」

「どういうことだい」

あの日はよくわかりませんでした。けれどなにか違和感がある気がしてなりませんでしたと、工藤は小首をかしげながらいう。

「違和感というと、わたしたちの会話に、かい」

「会話の始まりは何気ない言葉でした。この店は初めてですとか、たまたま東京に商用があってといった。ところが」

「思い出した。熊本だよ。浜口氏が熊本に行って馬肉の刺身を食べておいしかったという話になって」

「はい。そこで東山さんは、信州で育ったことを話され、その地でも馬肉は常用食であると」

信州——長野県は全国で有数の教育県でもある。したがって遊興施設やギャンブル施設、風俗施設も少なく、常に子供たちの育成に力を注いでいる。

そんな話で盛り上がったことを、東山は思い出した。

「そうだ、教育に熱心なわりに、大きな書店が少ないのはなぜだろうと。あってもコミックや一部人気作家の作品ばかりを置く店がほとんどで、専門書や本当に面白い、身になる書籍を販売する書店は少ないという話になったんだ」

「やがて話題は古書店のことに移ります」

「そうだ、そうだよ。それでわたしは中学時代のいたずらについて話すことになったんだ」

「山田風太郎作品の顚末《てんまつ》ですね」

「ということは……」

「わたしには、浜口氏が会話を操作することによって、あなたからいたずらの顚末を聞きだそうとしていたように思えてなりません」

「どうしてそんなことをする」

「ひとつには東山さんが、浜口氏の知る東山氏であることを確認するためです」

「ということは、彼は大昔のわたしのいたずらを知っている人物ということだね」

「そうなります。そして同時に彼は」

思い出して欲しかったのですよ。あのいたずらのことを。

工藤はゆっくりと、噛《か》みしめるようにいった。

「よくわからないな」

「わたしにもこれ以上のことは、推測することができません」

「じゃあ、背表紙の友というのは」

「やはり東山さんのことかと、思われます」

表紙と中身を取り替えるいたずらを行ったのだから、表紙の友とでも呼ぶべきかもしれない。

けれど。

「古書店の特徴のひとつに、平積みと呼ばれる台がほとんどないことがあげられます。神田の古書街ならばいざ知らず、地方の小さな古書店ではなおさらでしょう」

「あの古書店もそうだったよ」

「だとすると、書籍はすべて棚ざしになっています。つまり客に見えているのは常に」

「背表紙……というわけか」

あえて「友」と呼ぶにはそれなりの理由があろう。けれど、それは誰にもわからない。たぶん浜口本人にしかわからないのだろう。

「いかがですか、ビールのお代わりは」

「もらうよ。それから……もしよければ、だが」

「わかっています。濃い口の醤油におろしたにんにくと生姜《しょうが》、薬味は大葉《おおば》でよろしいですか」

工藤の察しの良さが、ほんの少しだけ、小憎らしく思えた。

4

工藤の言葉ではないが、旅館での接客業は思った以上の重労働だった。けれどだからといって苦痛ではない。布団の上げ下ろしから館内の清掃。浴室、露天風呂の清掃は時間を決め、日に三度行う。湧き出る温泉の泉質が良いということは、管理が余計に難しいということでもある。まさに肉体労働だが、それに意外にもなじむ己の体を発見することができた。流した汗の分、体内が浄化されるようだ。

瞬く間に数ヵ月がすぎたころ、東山の元に手紙が届けられた。

差出人は「背表紙の友」とある。

——……浜口からだ。

前略

いきなりこのような手紙を出す非礼をお許しください。覚えておいでででしょうか。いつぞや、香菜里屋でご一緒させていただいた浜口敬《たかし》です。工藤マスターから、あなた様が東京を離れたと聞き、手紙を書く気になりました。あの日のお話、今もはっきりと覚えております。お話だけではありません。あなたのお顔もはっきりと覚えていますよ。あれほど楽しく、懐かしいお話を聞かせていただいたのですから。山田風太郎作品を読みたいあまり、高村光太郎の詩集の表紙と取り替えるくだりには、大いに笑わせていただきました。今は岩手県の雫石だそうですね。そちらの気候はいかがですか。長野で中学時代を過ごされたあなたにとっては、寒風もまた懐かしいかもしれませんね。

さてこれからお話しするのは、ある意味で滑稽《こっけい》なファンタジーです。今から三十年ほど前、さる田舎町で起きた、ささやかな出来事に過ぎません。その町には新刊書籍を扱う書店がなく、ただ一軒の古書店があるのみでした。古書店の名は蘆花《ろか》書房。いうまでもなく徳冨《とくとみ》蘆花にちなんだ屋号です。主人は若いころ、たいそうこの小説家に傾倒したらしく、一時は自らも文筆の道で身を立てたいと願っていたとか。なれど才能及ばず、田舎町で古書店を営むことで、ささやかな満足を得ていたと思っていただきたい。この店には当時二十七歳になる娘と中学三年生になる息子とがおりました。母は数年前に他界しております。豊かではないけれど、日々の方便に追われることもない、平和な毎日を過ごしていたのです。父親の心配事といえば、娘の婚期が少々遅れ気味なこと。今ならば二十七歳といえばまだまだ独身生活を謳歌《おうか》しているころでしょうが、三十年前、ましてや田舎町では十分に口さがない連中の噂になる年齢でした。

実は娘には密かに慕う男性がおりました。地元中学校に赴任して八年目の若い国語教師でした。色恋にトンと興味のない父親は気づきませんでしたが、そのころ二人は互いに淡い思いを抱いていたのです。国語教師と古書店の娘。接点は十分にありましたが、なにせ田舎のことです。なにより二人は純情が過ぎました！　男のたった一言、好きです、結婚してくださいという言葉さえあれば、二人はすぐにでも結ばれたはずなのです。そのことを知る中学生の弟は、なんとかしてやりたいと願いましたが、大人の世界に口を挟むことはできません。

そんなある日のことでした。蘆花書房に一人の客が怒鳴り込んできたのです。山田風太郎の小説を買って帰ったが、中身が違っていた。おまえの店ではこんないんちきをするのかと、えらい剣幕でした。主人は平身低頭。客に代金を返し、さらに言い訳の言葉を並べ立て、客が帰ると激怒の表情となって周囲に当り散らしたのです。その的となった中学生の息子こそいい迷惑ですが、彼の頭の中に、勃然《ぼつぜん》と妙案が浮かんだのでした。表紙のみ山田風太郎の「忍法帖」で中身が高村光太郎の詩集など、売れるはずもない。せいぜい表紙を取り去って表の十円均一ワゴンにでも並べるしかないだろう。だったらこれを自分で買い取ろうと。

中学生は知っていました。偶然見てしまったのです。一学年下の後輩が、二つの文庫本によからぬ処置を施している姿を。けれどその気持ちがわからぬではなかった彼は、見てみぬふりをしていたのですよ。それよりも、彼は自らの計画に夢中になりました。

彼は少しだけ父親に腹を立てていたのです。娘の婚期が遅れて心配だなどと口にはするが、行動はまったく別でした。娘がいなければ洗濯機一つまともには使えず、日々の食事を自ら作るなどきっと考えもしなかったはずです。こんな状態で娘が結婚に踏み切ることなど、到底不可能でした。だからこそ、歳の離れた弟は姉が不憫《ふびん》でならなかった。なんとか中学校の国語教師に、姉を奪ってもらう方法はないか。彼にその決断をさせるきっかけはないものか。そこで彼が利用を思い立ったのか。

が例の山田忍法帖もどき――自分でもひどいネーミングだとは思いますが――だったのです。彼はまず、山田作品のコーナーから後輩が悪さをしたもどき本を注意深く探し出し、密かに処分しました。そしてそこにはただ一冊のみ、中身が高村光太郎の詩集の「忍法帖」を入れておいたのです。

翌日、彼は国語教師に伝えます。

うちの店の山田風太郎のコーナーに、一冊だけ中身の違う本があります。それが姉の本心です。そう先生に伝えて欲しいと、本人からの伝言です。

本には一つだけ仕掛けが施してありました。仕掛けなどと、大げさなものじゃない。本のページを一箇所だけ、折り曲げておいたのです。ドッグイアーというやつです。

もうお分かりですね。折り曲げたページからはあの有名な『智恵子抄』が始まっているのです。そこには光太郎の一途《いちず》すぎる愛があふれています。これ以上のメッセージはないじゃありませんか。

結論からいえば、国語教師は古書店の娘にプロポーズをしました。数ヵ月後に二人は結婚。三人の子供に恵まれ、やがて親元を離れたそれぞれは家庭を持ち、子をなし、古書店の娘も今は五人の孫のおばあちゃんです。

のちに、そのことを知った娘、いやもう姉といってしまいましょう、姉は「ませた中学生に感謝しなければね」と笑っておりました。

あの時、香菜里屋でわたしの横に座っていたのが彼女です。

古書店蘆花書房は、今はわたしが経営しております。今回わたしは神田の古書店に仕入れを、姉は東京に嫁いだ次女と孫の顔を見るために上京しました。そして偶然入ったのが香菜里屋だったのです。まさかその店であなたに出会うなんて。

きっとあなたは三十年前のわたしのことなど覚えていないでしょう。けれどわたしは、いつもあなたを見ていた。小さな町ですからね、ほんの少し注意を働かせさえすれば、あなたの姿を探し出すことは容易でした。ずっとお礼がいいたかったのです。けれど話が話だけにわたしはあなたに事実を告げることができなかった。お礼をいうこと、すなわちあなたの罪を暴くことになってしまいますからね。ためらううちにあなたは町を出て行ってしまった。

だから香菜里屋であなたを見かけたとたん、わたしは胸のうちでどれほど歓喜の叫び声をあげたことか！　けれどあの夜も、やはりわたしは言葉をためらった。だから話をうまく昔の出来事へといざなったのです。

不思議なものですね。あなたの話を聞いて、ああもうこれで十分ではないか。あえて三十年も前の出来事を蒸し返すのはやめよう。そう思い、なにもいわずに店を出てしまいました。けれどやがて後悔が生まれました。

香菜里屋に信州名物の馬刺しを送ったのもわたしです。

少々のいたずら心があったのも確かです。

そろそろ思い出してくれませんか、三十年前あなたの先輩だった男ですよ。あなたのおかげで姉は幸せになれました。あなたがやったことはあまり感心できませんが、とにかくあなたのおかげです。

背表紙の友、というのは、いつのころからかわたしがあなたにつけたあだ名のようなものです。あなたが背表紙の友ならば、あなたにとってわたしもまた背表紙の友で良いではないか。これもまた、ほんのいたずら心です。荷物が届いてしばらくののち、香菜里屋に電話をかけるつもりでした。事実そうしたのです。ところがあなたはすでに雫石へと転居したあとだった。それでこの手紙を書く気になりました。

長い手紙になりました。

お体にはくれぐれも注意してください。すばらしき第二の人生がよりいっそう充実されんことを、遠く信州の空の下よりお祈り申し上げます。

東山朋生様

背表紙の友こと浜口敬より

手紙を読み終え、東山はこめかみをこつんとひとつ、またひとつこつんと拳《こぶし》で打った。

参ったね。さてどうしたものか。

見上げた空があっけないほど青い。

視線を地面へと移すと、ふきのとうが顔をのぞかせている。

こいつで蕗《ふき》ミソでも仕立てて、香菜里屋へ送ってやろうか。

時折信じられないようなマジックを見せてくれる、あの懐かしい店へ。

話はもう少し続く。

東山は旅館の主人に許しを請うて、東京へとやってきた。

事の顚末を工藤に聞かせることが目的のひとつ。

――そして……もうひとつだけ。

あらかじめ開店前の時間を指定して、香菜里屋を訪れると、工藤は変わらぬ柔らかな笑顔で出迎えてくれた。雫石で過ごした数ヵ月の日々が、ただそれだけで霧散《むさん》する。

「お久しぶりです。ずいぶんと顔の色艶《いやつや》がよろしいようで」

「なにせ、健康的な生活をしているから」

「それはなによりです」

ビールを注文し、スツールに座ると間もなくピルスナーグラスと姫萩《ひめはぎ》の小皿が置かれた。

長芋《ながいも》のスライスで塩うにを挟み、海苔《のり》を巻いてみたという。

「雫石の喰い物も十分にうまいが、やはりここの料理は最高だね。里心がつきそうだ」

「恐れ入ります」

ところで、と東山はバッグから浜口の手紙を取り出し、工藤に差し出した。よろしいのですかとの問いには、黙ってうなずいた。

ややあって。

「なるほどそういうことですか」

「縁というやつは……まったく面白いいたずらをしてくれる」

「まさに時の氏神《うじがみ》だったのですね、東山さんは」

「ところがその氏神、まったく自覚がなかったというからお笑いだ」

「で、今回はそのことだけをわたしに伝えるためにわざわざ？」

新幹線があるといっても、雫石は遠い。浜口からの手紙を読ませるだけならばファックスを使うことも可能だ。そうしたことを工藤という人物は決して見逃さない。

「うん、もうひとつだけ」

実はと言葉を続けようとしたところへ、石坂夫妻がやってきた。

「やはりそういうことでしたか」

「どうしてわかった？」

「浜口様がお見えになった夜のことです」

東山は、普段はロックスタイルで供されるアルコール度数の最も高いビールを、ピルスナーグラスで飲んでいる。石坂修いわく「なにか決断に迫られたとき、そしてそれを実行するときに限って注文する」飲み物だという。間違いない。あの夜、東山は勤め先を辞職し、雫石へと転居することを決めている。

「石坂様も同じ飲み物を注文されました。それでもしや、と」

「そうなんだ。彼ら夫妻も東京を離れ、雫石へと来ることになったんだ」

石坂の勤める会社は業績不振が続き、ずいぶんと理不尽なリストラが行われたこともあった。状況は今もあまり変わりないという。ならば二人して雫石の旅館を手伝いたいのだがと、一月ほど前に相談されていた。幸いなことに折からの温泉ブームで、旅館は人手がまだ足りない。手伝ってくれるならこれに勝る幸いはないと、主人からの言伝《ことづて》を得ている。

「大切な常連客を奪うようで申し訳ないんだが」

「そんなことはありません。うらやましい限りです」

「工藤さん、長い間お世話になりました」

と、石坂夫妻が声をそろえていった。

「ありがとうございました。お元気で」

ではわたしも今夜はお付き合いして、と工藤が四つのピルスナーグラスにアルコール度数の最も高いビールを注ぎ、テーブルにそろえた。

――……!!

金色の濃いビールを飲みながら、東山はふと思った。

あるいは工藤もまた何事か意を決するところがあるのかもしれない。

そうでないかもしれない。

いずれにせよこれもまた人生の節目というものなのだろう。
飲み干すビールは甘く、苦く、切なかった。

終幕の風景

1

変化はいつだって些細《ささい》なことから始まる。予兆は人に気づかれることなく提示され、思わぬ形で開花する。喜ばしいか、恨めしいか、そんなことはまるでお構いなしで。たとえば妻から懐妊を告げられた日。そこから広がるはずの明るい未来について、疑いなど持ちようもなかった。名前をなんとつけよう。生まれくるわが子にどれほどの幸福を与えてやろう。たとえば医師から母の死病を告げられた日。人が生きるということはその年月だけ人と別れることなのだと、己に言い聞かせ、飲んだ酒の苦さも亦然《またしか》り。

そんな由無《よしな》しごとを考えながらビールを口に含むと、なぜだか生臭《なまぐさ》い味がして、あわてて小鉢の揚げ物を口に入れた。

「いかがですか、そのミートコロッケ」

工藤が笑う。

まずいはずがない。ポイントは二種類の玉ねぎなのだそうな。といっても、炒めかたが違うだけとのこと。一方は、あめ色になるまでじっくりと炒めた玉ねぎで甘みとコクを出し、一方はしゃきしゃき感を残した玉ねぎで歯ごたえと香りを出すのだとか。恐れ入りましたとしかいいようのない、ひと口ミートコロッケの出来上がりであります。圧倒的に肉が多いからミートコロッケ。でも断じてメンチカツではない。

「なんだか、この店に似ているなあ」

「そうですか」

「ビアバーなのに奇妙なほど料理がうまく、時には和風のテイストも味わうことができる」

「そういえば、ミートコロッケって、ポジションが中途半端かもしれませんね」

「ま、うまけりゃ、いいんだけどね」

そんなところもますますこの店に似ていると、いおうとしたところに、

「ああ、メニューがついになくなっちゃったんだ」

別の常連客が、声を上げた。

メニュー？　そんなものがこの店にあったのだろうか。あったはずだ。けれど見たことがないのはなぜだろうか。「今日は＊＊の少し良いものが入りましたので」という工藤の一言が、その必要性を感じさせなかったのだ。

その証拠に、隣の席に運ばれたのは蓋《ふた》つきの陶板。中にはカリカリに焙《あぶ》られたベーコンとジャガイモの千切り、玉ねぎが鎮座しているはずだ。この香りから想像して、たぶん間違いない。味付けはあっさりと塩胡椒のみ。けれど工藤曰《いわ》く。ほんの少々、醤油《しょうゆ》をたらすと風味が倍増するとか。それを試さぬ客は、まずいない。まずい、ない……なんてね。

「こないだね、ずいぶんと腹立たしいというか不思議というか」

二人用のテーブルで交わされる会話が聞こえる。なにせ小さな店内だから、仕方がない。やっと十人ほどが座れるL字形のカウンターと、テーブルが二つのみ。この店で高歌放吟《こうかほうぎん》するばか者はいないけれど、それでも互いの会話はどうしても耳に入る。それがいやならば、河岸《かし》を変える以外にない。逆に、この店だからこその別の喜びもあるのだが。

「小五の息子がいうんだよ。パパに取って置きのマジックを見せてあげるって」

「親孝行なせがれじゃないか」

「もちろん、そこには別のたくらみが隠されている」

「で、どんなマジックなんだ」

「それがな、冷蔵庫からサイダーのペットボトルを取り出してきて、この中身を一瞬で凍らせてみせる。もしうまくいったら、前々から欲しがっていたんだが、ポータブルゲーム機を買って欲しい、とね」

「子供たちの間で人気のある、例の？」

ちらりと後ろを見ると、まだ三十代とおぼしきサラリーマン二人が、ピルスナーグラスを傾けながら話し込んでいる。二人の間に置かれた皿には、ビールとてもとても相性のよいカミカツレツ。ロース肉を包丁で叩いて叩いて、なおも叩いて紙のように薄くし、カツレツに仕上げたものだ。ウスターソースをかけまわし、どっさりと盛り付けられた千切りキャベツとともにほおばると至福の一瞬を味わうことができる。

「俺はもともとテレビゲームだって反対なんだ。それを女房がどうしても、というから仕方なしに買い与えたんだよ。なきゃ、学校で子供がいじめられるって」

「ましてや、ポータブルゲーム機なんて、とんでもないってか」

「アナクロと呼ばれてもいい。俺は平成《へいせい》の星一徹《ほしいってつ》でありたい」

それで、いつも妻とは大喧嘩《おおげんか》になる。あいつ、理系の大学を出ているせいか、物事を理詰めで考える癖《くせ》があるんだ。こちとら筋金入りの文系だろ。義理と人情がなけりや、この世は闇だ。それでいつも話がかみ合わず、どのつまりが……。

とそこまでは聞こえたが、声のトーンが急に下がって、残りは聞き取れなかった。

「マジックはどうなった」

「それが、息子がペットボトルにタオルをかけ、呪文《じゅもん》を唱えながら中で手をもぞもぞさせると……」

「本当に凍ったのか」

「凍った。びっくりしたよ。確かにタオルをかける前のペットボトルの中身に、おかしなところはなかったんだ」

「見間違いではなくて？」

「よせやい。老眼にはまだずいぶんと間がある。乱視も近視もない」

盗み聞きを趣味とするほど性格は悪くないつもりだが、聞こえてしまうのだから仕方がない。

――それに……。ここは香菜里屋だから。

ビアバーにして、人々の抱えた謎が提示される場所。同時に解決される場でもある。

たとえば。

「……さん」と、カウンターの一角から声がかけられた。どうやら知り合いらしい。

「よう、いたんだ。声をかけてくれればよかったのに」

「話に夢中だったから声をかけそびれちゃって」

ところでね、とカウンターの客がいった。

マジックでもなんでもありませんよ。

「なんだ、聞いていたんだ」

「そりゃあ、狭い店内ですから、どうしても」

「マジックじゃないって？」

「単なる科学現象で、過冷却といいます」

過冷却。その言葉を告げた男の話によると、水の氷点は零度だが、ゆっくり冷却してやると、氷点下二度くらいまでは凍結しないことがあるという。だがこの状態はきわめて不安定で、なにかの衝撃がくわえられるとたちまち凍結が始まる、らしい。

「というと」

「息子さんは、幾度か実験してサイダーの中身が過冷却になる状態を割り出したのでしょう。あるいは学校でそんな実験をやったのかもしれないな」

タオルの中で彼は、サイダーの蓋を開けただけのことですと、カウンターの客がこともなげにいう。サイダーに含まれる炭酸の泡立ちが衝撃となって、瞬間的に中身を凍らせたのですよ、と。

「なるほどねえ。でもそいつはイカサマっぽくないか」

「子供なりに考えたんだ。ゲーム機が欲しい一心でね。それを認めてやらなきゃ」

と、本来の話し相手がなだめる口調でいった。

こうした場面が、少なからずこの店では展開される。

謎と解決はこの店の裏メニューといってよいかもしれない。

小腹がすいたのだが、なにかある？　工藤に尋ねると、

「トマトがおいしそうだったので、賽《さい》の目にしてスープで煮込んでおきました。オムレツでも作りましょうか」

「お願いします。あっ、できれば卵は三個で」

「コレステロール値、大丈夫ですか」

「気にしすぎると、今度はストレスが溜まりますから」

厨房《ちゅうぼう》に消えようとする工藤の背中に、カウンターの別の席から「同じものをお願いします、こちらは卵四個で！」と、若い女性の注文が投げかけられた。

どれほど忙しい店でも、客足が途絶えて、ぽっかりと穴の開いたような時間がある。あたりがひっそりと静まり、工藤が手持ち無沙汰《ぶさた》げにグラスを磨きだすのを待って、

「ねえ、さっきの過冷却の話だけれど」

「ああ、ずいぶんと勉強になりました。もっとも……」

バーではごく常識的な話で、冷蔵庫に炭酸類を長期保存してはいけないと、まず教えられるのだそうだ。

「話が、どうもなあ。小学生に過冷却現象を教えるかな」

「教えないのですか」

「まず、ね」

「そうですね、専門的すぎですものね」

「じゃあ、どうやって彼のせがれは、そのことを知ったのだろう」

「もしかしたら、参謀がいるのかもしれませんね」

一組の夫婦がいる。妻は理系、夫は文系。そのせいか二人の会話はなかなかかみ合わず、喧嘩ばかりしている。喧嘩をしているうちはまだいい。いつの間にか会話そのものがなくなり、俗にいう家庭内別居状態が続いている。しんしんと冷え込んだ家

庭。ほんの小さな衝撃がくわえられたらたちまち氷結し、取り返しのつかない事態になるだろう。

「そのことをさりげなく教えるために？」

「理系で科学知識のある参謀氏は、息子をうまく後ろで操った、ということですかね」

「伝わるかな」

「さあ、伝わらなければ、また別の方法を用いることでしょう」

少なくとも参謀氏は、決定的な家庭崩壊を決して望んではいないようですからと、工藤が特に表情を変えることなくいった。

それにしても……。理科の実験で「情」を伝える。十分に文系の発想じゃないか。ああそうか、夫婦だものな。次第に似てくるモンなんだ。

と、納得することにした。

2

違和感。

住み慣れた部屋に帰ってくる、いつものように。たとえば密かにカーテンが取り替えられていたとしたら、そのことに気づかぬ馬鹿はいない。知らないうちに部屋に入ることのできる人間は限られているだろうから、その人物の特定、あるいは意図までも推測の触手を伸ばすことは可能だろう。

テーブルクロスならば、いかがだろうか。やはりすぐに気づくだろう。気づかぬはずがない。花瓶ならば？　壁にかかった絵ならば？

久しぶりにやってきた香菜里屋で最もアルコール度数の高いビールをロックスタイルで供され、それを口にしようとして、ふと手が止まった。なぜだか、わからない。わからないが、いったん違和感を覚えてしまうと、そこから一歩も動けなくなるのが悪い癖だ。おかげでずいぶんと間の悪い失敗を繰り返したものだ。

「いかがされました」

「いや……なんでもないんだが……」

しばらく留守にしている間に、どこか模様替えでもしたのだろうかと尋ねたが、工藤は黙って首を横に振った。

「やはり、気のせいかね」

「お疲れなのではありませんか」

「そうかもしれない」

オニオングラタンスープでもいかがですかと微笑《ほほえ》む工藤に、親指をぐいと突き立てて「OK」の合図とした。

ややあってテーブルに置かれたマグカップに、あめ色のスープがなみなみと入っている。具はオニオンとフランスパン。どうやらガーリックもきいているようだ。もうすぐそこに夏が来ているというのに、熱々《あつあつ》のスープのなんとよく合うことか。身体の中に生まれた熱が毛穴を通して放出され、すっと冷える気がする。

それを見ていたわけでもあるまいが、別の若い客が、注文の声を上げた。

「工藤さん、僕はタンシチューが欲しいな、ありますよね」

「あいすみません。ここのところ良いタンが手に入らなくて」

「ええっ？　楽しみにしてきたのに」

「申し訳ありません」

とたんに客の表情に険悪な色が濃く滲《にじ》んだ。どうやら連れの女の子に香菜里屋の良さをしきりと吹聴し、ようやくデートにまで漕《こ》ぎつけたようだ。

若者よ、この店は最高の称号を与えるに十分なレパートリーと応対があるが、決して完璧ではない。耐えることを知りなさい。足りぬことの幸福を自覚しなさい。などといって納得するほど素直な性格ではないようだ。

だいたい、メニューも置かないなんて気取っている証拠だ。こんな店に限ってろくなものを出さないんだよ。潰《つぶ》れるね。客をないがしろにする店なんて、潰れてしまったほうがいいに決まっている。

あえて周囲に聞こえるボリュームで、男は連れの女の子にいう。それが自らに与えられた権利であるかのように。

若い二人を除いて客は五人。一人は世田谷署の刑事であること。一人は今でこそ石材所の社長だが、かつてはやはり鬼と呼ばれたほどの刑事で、三軒茶屋でも知らぬもののない――カウンターの若いカップルを除いて、というべきか――頑固親父であることを、ほかの客はよくわきまえている。少なくともこの二人の親父は臨界点にかなり近づいていることも、だ。

いい加減にしないか！

怒声が響き渡ることを誰もが想像したが、そうはならなかった。

「お詫《わ》びのしるしに、どうぞ。店からのサービスです」

工藤が平皿をカップルの前に差し出した。いつもの柔和な笑顔を添えて。

生ハムの良いものがありましたので、自家製のピクルスを包み、さらにライスペーパーで包んで軽く揚げてみました。

とたんに凶悪な獣《けもの》がやんちゃな子供に、連れは夢見る天使に変貌した。

「おいしい。初めて食べました」

「それは良かった」

なにが良かったたって、「余分に作りましたので」と、工藤がほかの客にも揚げ物をサービスしてくれたのが良かった。あれほどささくれ立っていた店内の空気までも、一変してしまったほどだ。同じ空間で共有する同じ食べ物というのは、もっとも手っ取り早い連帯感発生装置なのかもしれない。

若村信夫《わかむらのぶお》です。白井《しらい》るみです。　若い二人が名乗ると、それぞれが自己紹介をする。たちまち話が弾む。学生だって？　若いってのはいいねえ。ことに石材店の親父は、二人がいたく気に入ったらしい。今度遊びに来なさい。なんならアルバイトに来てもいいなどと、赤い顔でいっている。

陽気な酔っ払いのかもし出す空気ほど無責任で、けれど楽しいものはない。話がどう転び、どう巡ったのかは誰にもわからないが、

「実は大学で奇妙なことがはやっているんです」

と、若村が言い出した。

その大学に「七不思議」なるものがあるという。

別に珍しい話ではない。古くから本所深川にも七不思議はあるし、学校の七不思議もまた、ある種の都市伝説として全国に流布している。

「その中のひとつに、開かずの五号館があるんです」

「ということは、ずっと閉鎖されているという意味だね」

「ずいぶん古い煉瓦《れんが》建築で、明治時代の終わりに建てられたようです」

そういって若村はあるイギリス人建築家の名前を口にしたが、その名前を知るものはあいにくと誰もいなかった。いや、それはいいんです。と若村は気にする様子もなく、僕も知りませんからと、付け加えた。

「ただ有名な人物らしく、区の保存建築に指定されているんです」

「そりゃあ、たいしたものだ」

「で、七不思議ですが、この開かずの五号館の前でカップルが写真を撮ると、必ず別れるというんですね」

「まあ、よくある話だ」

確か京都の渡月橋《とげつきよう》を、阪急嵐山《あらしやま》駅側から嵯峨野《さがの》方面へと渡ったカップルも同じ目に遭うと、きいたことがある。

そう話に割り込んだのは、小さな出版社の編集者だった。高塚《たかつか》とかいわなかったか。

「僕が大学に入る前から、というよりはもはや語り人が誰かさえもわからないほど昔からの言い伝えだそうです」

「まあ、だいたいのところは想像できるね」と、高塚。

ずっと以前、もしかしたら大学紛争華やかなりし頃かもしれない。若いカップルはその建築物の前で永遠の愛を誓ったことだろう。感心できることではないが、煉瓦の壁に二人の名を刻み、堅く抱き合ったかもしれない。

「しかし、ときの移ろいは残酷だ。愛はいつしか終わる」

「あるいは男が警察に捕まり、退学。女は別の男と結婚してしまったとか」

「男にとってかつての愛の壁は、怨念《おんねん》の壁となってしまった」

「そこから始まった、愛憎伝説、ですね」

まことに無責任で、けれど楽しい。が、そんなときに限って水を差す輩《やから》が現れるものだ。そしてそこに差された水が、新たな話題を提供することも、これまた事実である。

水を差したのは、若村だった。声のトーンを一段低くし、

「ところが最近、まったく逆の七不思議がささやかれているのです」

と、なかなかにくい演出である。

「逆とは、いったい」

「開かずの五号館の前で写真を撮ったカップルは、必ず結婚できる」

おかげで、五号館の前で写真を撮りたがるカップルがあとを絶たず、中には周囲に知られたくないカップルも当然あるわけで、そんな連中は深夜、早朝を狙ってまで、やってくるのだとか。

「そりゃあ、また……奇妙な」

「どっかの小説で読んだことがありますよ。ミステリーです。民俗学ではしばしばそうした逆転現象があると、教えているそうです」

「それにしてもなあ」

あるいは、その建築物の前で写真を撮ったおかげで、二人は幸福な結婚をし、おまけに男はとんとん拍子の大出世。と、話の接《つ》ぎ穂《ほ》はいくらでも湧きあがる。

「ということは、もしかしたら、男は本当は七不思議を利用して女と別れたがっていた」

「それが、思わぬ形で大逆転。男は自分の幸運を忘れないために、あえて七不思議を歪《ゆが》めたんだな」

「もっと推理の枝を伸ばすなら、男は大学関係者！」

そもそも男は二人の女と同時に付き合っていた。それぞれ派閥を築く教授の娘である。男は優勢な派閥の教授の娘と結婚したいと願ったが、もう一方の女性があいにくと妊娠。こうなったら七不思議でもなんでも利用して、その女性と別れようとしていた矢先のこと……。

「それまで優勢な派閥の長だった教授が、なんらかの理由で失脚した」

「それこそぎりぎりの逆転劇ですね」

この数年、いやもっと近いかもしれない。そんな男はいませんでしたかと高塚が問うたが、若村は半ば笑いながら、首を横に振った。

ああ、楽しいお酒だった。こんなにも愉快な気持ちでお酒を飲んだのは久々でした。実は来月から就職ガイダンスが始まります。憂鬱《ゆううつ》なシーズンの始まりです。けれど良かった、皆さんと知り合えて。また来ても良いですよね、気分が落ち込んだときに。ねえ工藤さん。若村にそういわれて、なぜか工藤の眼に一瞬のためらいが見えた気がした。

さらに、客の波が引いて。

カウンターに座っているのは二人のみ。

世田谷署に勤務する刑事が、紫煙を吐き出しながら、

「もし、七不思議が学生運動の時代にまでさかのぼるならば」

とつぶやいた。

それがどうかしましたか。

「あの当時、学生運動家の間には、多くのスパイが送り込まれていました」

いったん公安警察に捕まり、無理やり転向させられた学生も多くいたという。そうした連中は「エス」と呼ばれていたらしい。スパイのエスだ。無論、それが露見すればリンチは免れない。最悪の例も、少なくはなかった。

「なるほど、大学当局もしくは公安との連絡ボードのような形で」

煉瓦建築の壁が利用されていたのかもしれませんねと、工藤がいった。写真を撮られては、その証拠となってしまう。

じゃあ、どうして今になって七不思議は逆転されたのですか。

「あのね、実は今でも『エス』はいるんですよ。極左の活動家が根絶されたわけじゃないから」

と、刑事が質問に答えてくれた。

「なるほどね、そういうことですか」

工藤の眉間《みけん》に、かすかにしわが刻まれた。

「さすがは工藤君だ。わたしと同じ結論にたどり着いたらしい」

「今でも煉瓦建築は連絡ボードの役割を担っているのですか」

「それは……よくわからないが」

「だが、場所が変わったのですね」

たとえば、今までの建築の裏側の壁に。ならばその前で写真を撮るカップルは多ければ多いほどよい。場合によってはカップルのふりをして建築物に近づき、連絡を取り合うことも可能になる。

それ、本当ですかと問うと、

「いえ、ただの推理ゲームです」

と、工藤は笑うのみだった。

3

新婚旅行と称して半月あまりも営業を休み、ようやく開いた池尻の《プロフェッシヨナル・バー香月》の扉を開くと、新妻のひずるがまず迎えてくれた。

「いやですよ。もう新妻と呼ばれるにはとうが立ちすぎています。賞味期限切れですよ」

と、十分に新妻の初々しさを振りまきながら笑う。

「コーンウイスキーのソーダ割りをください」

「相変わらず、進歩がないな。たまにはシングルモルトでもどうかね」

「それはまた、のちほど考えます」

たかがソーダ割りと侮《あなど》る事なかれ。一流のバーマンが、一流の腕をいっさい手抜きすることなく振るったソーダ割りは、一飲の価値がある。一飲？　そんな言葉があったっけ。まあどうでもいいや。

一杯めのソーダ割りはまず半分ほど喉《のど》に飲ませてやる。絶妙の温度加減、バランスの取れたソーダの喉越《のどご》し、かすかに鼻腔《びこう》をくすぐるコーンウイスキーの香り。そうしたもので喉を祝福してやる。ああ、至福のひと時よ。残りは舌でじっくりと味わう。コーンウイスキーはバーボンよりも原料としてのコーンの比率が高い。したがって人によっては癖の強さを指摘する向きもないではないが、ソーダで割ってやると、ぐっとマイルドになる。

「お代わりをもう一杯」

わかっていると告げることも、うなずくこともなく、香月圭吾が二杯目のソーダ割りを仕上げる。うまい。しみじみとうまい。

「まあ、それほどうまそうに飲んでもらうと」

「バーマン冥利《みょうり》に尽きるでしょう」

「あんたがいう台詞じゃないんだがな」

賽の目に切ったチーズにパプリカ、黒胡椒《くろこしょう》をそれぞれにまぶして小皿に盛ったものが出された。いつからか、香月の店の定番になった料理……というにはあまりにお手軽な一品だが、これがなかなかにうまい。いつだったか、これを三度もお代わりして「いい加減にしないか」と香月に低い声でたしなめられた客がいたほどだ。

香月の店は、バーでありながら和のテイストを重視していると聞く。なるほど、どことなく茶室を思わせる内装が、女性に受けているというのも納得できる。香菜里屋は純粋なビアバーなのだが、それでも二つの店にはどこか共通点がある気がするのは、

「どうしてだろうねえ」

「簡単なことだし、別に隠しておくほどのことでもない」

「二人の付き合いが長いから？」

「それもある。だがなによりも工藤も俺も、十年近く同じ店で働き、同じ経営者に鍛《きた》え上げられたからな」

なるほど。その経営者の理念が二人の精神に深く、底流となって流れているからか。どのような形態をとろうとも、基本が同じなのだ。

「変わらないもの……か。いまどき貴重だよなあ」

「大げさなことをいう」

それは違う、と思う。世の中はあまりに変化しすぎる。時流というのだろうか、それに乗ることができなければ「負け組」と呼ばれてしまう。けれど違うのだ、本当は立ち止まることも大切なのではないのか。変わらぬ風景を見ていたいと願うことは、おろかなことなのか。

——変わらぬ風景？

ふと胸のうちに刺さった棘がうずき始めた。

あの時。香菜里屋で感じた違和感は、いったいなんだったのだろうか。いつもとなんら変わりない風景。工藤の柔らかな表情。にもかかわらず感じた違和感の正体は、なんだったのか。

「ねえ香月さん、工藤君になにかあったの？」

「さあ、最近は店にも行っていないし」

「どうしたの、工藤さん」と、ひずるも表情を曇らせながらいう。

「工藤になにがあった」と、香月までもが同じ言葉を口にした。

ひずるがいうには、十日ほど前に市場で工藤を見かけたという。それは珍しいことではない。だが、

「ちょっと、様子が変だったのよ」

なんだか、仕入れを迷っているみたいに。と、ひずるが小首をかしげた。

「馬鹿をいうな。あいつの眼は一流だ。素材を見ただけで良し悪しはおろか瞬間的に献立を組み立てることができる」

「はいはい。自分を含めて、そのように鍛えられているんでしょう。何度も聞かされています」

この世に天才などというものはめったに存在しない。工藤も香月も、自らを天才などと胸を張ったことなど一度もない。けれど努力の末に習得した技術は、決して自らを裏切らない。二人を見ていると、そんな気がしてくるから不思議だ。

香菜里屋で感じた違和感について話すと、香月は「むう」とうなったまま、黙り込

んでしまった。

「心当たり、ありますか」

「……ないわけではないが、どうしてそんなことを」

いっそう難しい顔つきになった香月だったが、客の気配を感じると、すぐに表情を元に戻した。新妻の教育がよほどによろしいらしい。

「あれエ、こないだ香菜里屋でお会いしましたよね」

客は若村とガールフレンドのるみのカップルだった。

「この店にもくるんだ」

「こないだ香菜里屋で教わったんですよ。すごくいいバーがあるって」

「すごくいい。だが、すごく怖いバーマンがいる」

「余計なことをいうんじゃない」と、香月がすごみつきの笑顔でいったので、言葉は中途半端に途切れた。

ジンフィズとドライマティーニを。

注文のカクテルが最高の技術で作られ、若村の元にジンフィズが、るみの元にマティーニが届けられる。世の中なんとかならんものか。ならんのだろうなあ。

「あれ……ここには牛タンがある」

メニューを見ていたるみが、声を上げた。

「もちろん。うちのは正真正銘の国産牛だよ。こいつをごく薄に切ってガーリックと黒胡椒だけで焙る。味もコクも柔らかさも、工藤のところには負けていない」

「それがね、香菜里屋にはタンシチューがなかったんですよ」

「そんな馬鹿なことがあるものか」

「本当なんですって。最近は良いタンが入らないからって」

若村が工藤の口調を真似ていった。あの店には、メニューさえないんですからと、多少おどけて話したのは、強面《こわもて》の香月に媚《こ》びる意味もあったかもしれない。だが、効果は逆だった。香月の顔から営業用の表情が消えた。

「工藤の店からタンシチューが消えた、だって」

「以前に食べたときは本当においしくって」

東京でこれほどおいしいタンシチューは珍しい。しかも居酒屋値段で食べられるのはほとんど奇跡に近い。だから一度は食べてみる価値がある。そういって若村は、るみを口説き落としたらしい。

そういえば、と思い出した。何度か工藤の作るタンシチューを食べたことがあった。箸《はし》で千切れるほどやわらかく煮られたタンに、ねっとりとソースが絡む。酒のつまみにもいいが、持ち帰りにしてもらって飯のおかずにしようか、と誘惑に駆られたものだ。

「工藤は、たとえ日本全国を駆けずり回ってもあのタンシチューを作り続けるはずだ」

「なによりも、ここにはタンがあるものねえ」

ひずるは、こういっている。良いものが手に入らなければ、ここにくればよい。仕入先を教えることに、なんの不都合があるものか。工藤と香月の仲ではないか。

あまりよろしくない雰囲気を感じ取ったのか、若い二人は早々に引き上げていった。

ほかに客はない。

「工藤の作るタンシチューはね、俺たちが修業していた店の経営者、親父さんと呼んでいた人物からの直伝《じきでん》なんだ」

そういって、香月は引き出しから一枚の写真を取り出した。

恐ろしく古いポートレートだった。

真ん中で魅力的な若い女性が笑っている。その右横にいるのは、若かりし日の工藤哲也。左横には香月圭吾。裏を返すと、簡単になぞった中央の肖像の輪郭に、香菜《かな》と書かれている。左の輪郭に哲也。右の輪郭に圭吾。

「これは」と、ひずるがいった。

「修業中に撮った写真だよ。真ん中にいるのが、親父さんの娘で香菜ちゃん」

香菜……香菜……香菜里屋、えっ？

「もしかしたら圭吾さん。香菜里屋って、あの」

「そうだよ、ひずるさんの思ったとおりだよ」

香菜里屋は、香菜ちゃんが帰るべき古里、という意味でつけられた屋号なんだ。かつて厳しくも楽しい修業時代があった。日々の苦行は、けれど明るい未来を約束している気がしたものだ。逃げ出そうとは決して思わなかった。なによりも香菜の明るさが、工藤と香月をいくども救ってくれた。

「とはいえ、香菜ちゃんは一方的に工藤のことを思っていたようだが」

「なんだあ、圭吾さんスタート地点で敗北していたんだ」

「それは……少しだけきつい台詞かな」

「大丈夫、圭吾さんは誰よりもうたれ強い」

「親父さんからも、同じ言葉で慰《なぐさ》められたよ」

けれど経営者が亡くなる直前、小さな不幸が店を襲った。小さな不幸で終わるはずだったが、傷は見る間に広がり、結局、店は消滅した。

「それ以外にもいろいろあってね。香菜ちゃんはひどく傷つき、われわれの前から完全に姿を消してしまったんだ」

「だから、工藤さん」

「そのときからあいつは、待ち人の帰還をひたすらに願う男となった」

そういえば、と思った。きわめて例外的なアクシデントがあって、工藤が店を十日ほど休んだことがある。それ以外に、香菜里屋が休んだことがあっただろうか。否。休みの日はすべて大家による建物の点検や、人様に取り繕《つくろ》ったことをいっても、実は為さねばならぬ用事でどうにも都合がつかなかったゆえの休業なのである。工藤は待ち続ける身だ。自分のためには、一日も店を休むことができなかったのである。

「だが、状況が変わった」

「どうしてわかるの」

「工藤が店からメニューを消し、タンシチューを作ることをやめたからだ」

タンシチューは店の定番料理である。そしてメニューにはその料理名が明記されている。

「店の空気が変わったといったね」

うなずく。

「それはね、工藤の空気が変わってしまったからだよ。あるいは、日ごろも几帳面《きちょうめん》な男だが、いつにも増して丁寧に店の清掃をしているからだよ」

年末にはどこの店でも大掃除をする。どこか店が生まれ変わったような、奇妙な気分になるのだそうだ。

「圭吾さん、工藤さんはなにをするつもりなの」

「わからない」

なにもかも承知の顔つきで、香月がいった。

4

友よ。永遠にして無二の友よ。

このような手紙を書く無礼を許して欲しい。わたしの心苦しさを理解してくれとはいわない。なじって欲しい、怒りの拳《こぶし》をもって罵声《ばせい》を浴びせて欲しい。もっとも……この手紙を君が読むころ、わたしはこの街から姿を消しているのだが。

突然だが、店を閉めることになった。

理由も告げず、朝露のように消えるつもりであったが、君にその無礼は通じないだろう。たぶん感性豊かな君のことだ。わたしの店に生じている小波《さざなみ》について、すでに事情を承知しているのではないか。

三週間前のことだ。香菜から手紙が届いた。

嬉しかったよ。己《おれ》の名前を覚えていてくれてたこと。そしてどこからか店の住所を聞きつけ、手紙をくれたことが本当に嬉しかった。

けれど手紙の内容はあまり芳《かんば》しいものではなかった。

彼女は今、少しだけ窮地《きゅうち》に陥っている。だから店をたたみ、香菜の元に駆けつける気になったのだよ。わが身のわがままを許して欲しい。

わがままついでにもうひとつ。店の処分を頼めないだろうか。といっても、ボトルや厨房器具の類なのだが……。邪魔になるならそのままにしてくれて構わない。不動産業者が店の取り壊しの際に、処分してくれるだろう。一応、鍵だけは同封しておく。

なあ、香月。二人してずいぶんと無茶をしたものだねえ。

けれど楽しかった。

わたしはこのままずっと香菜を待ち続ける身で良いとさえ思っていたんだ。いや、それは違うな。せっかく手に入れた香菜里屋で香菜を待ち、いつか彼女と店を切り盛りする夢を見ていたんだ。

それがこんな形で、終わるとは思ってもみなかった。

けれど友よ、わたしは後悔していない。後悔どころか、希望に胸を震わせているといってもいいだろう。

ようやく、わたしは香菜の盾《たて》となってやることができるのだから。盾というには少々頼りないが、だが彼女を絶対に守り抜いてみせる。

長い手紙になった。

いつか再び会える日を願いつつ。

香月大兄

工藤哲也

カウンターで手紙を書き終え、工藤哲也は、何気なく店内を見回した。

――ずいぶんと長い時間を過ごしたものだ。

壁のそこここに、染みとも思い出ともつかぬものがこびりついている。カウンターの焦《こ》げ目は、たぶん煙草によるものだろう。なんだか不思議な紋章のようにも見える。

「よろしいですかな」

不意に声をかけられ、驚いて店の隅を見ると、カウンターに初老の客が座っていた。

「あの……あなたは」

「失礼とは思ったのだが、どうしても最後の一杯を飲みたくてね」

「ですが」

「今日で店をたたむのでしょう。ならば最後のわがままを聞いてくださらんかな」

できれば、アルコール度数の一番高いビールを、と客はいう。

すでに夜明け間近。人の足音も車のエンジン音もまばらなこの時間、どうしてこの客はここにいるのだろうか。疑問がないではなかったが、工藤はすぐに納得した。

「あいにく、ビールのサーバーはすべて空になっているのです」

「それはそうですね。気づかなかった」

「瓶《びん》ビールでよろしければ」

「構いませんよ」

店を閉める前に、工藤自身が飲もうと思ってとっておいたワールドビールを冷蔵庫から取り出し、ピルスナーグラスに注いだ。

「ありがとう」

「つまみはナッツでよろしいですか」

「これは、望外の贅沢《ぜいたく》。それにしても惜しいですなあ」

「仕方がないのです」

「わかっていますよ」

「わかっていただけると思っていました。あなたであれば」

「おや、やはり気づいておいででしたか」

わからぬように、手を替え品を替え、なりから髪形、時には人生や年齢までも変えて立ち寄ったのにと、客が面白そうにいう。ときにペットボトルマジックの話に聞き入り、時には大学の七不思議について感心したりもした。そうそう、池尻大橋のバー香月にも出かけて、そこであなたが店をたたもうとしていることを知ったのですよ。なに、香月氏は決して口には出そうとしませんでしたがねえ。そこはそれ、人とは少しだけ違いますから。

「飯島七緒《いいじまななお》様のことは？」

「もちろん知っておりますよ。山口で幸せな結婚生活を送っていることなら」

「なんだか、不思議な縁でしたねえ」

「まったく年甲斐《としがい》もなく……いや本当にお恥ずかしいことで」

ではさようならと、客がつっと立ち上がった。

「ありがとうございました」

片岡草魚《かたおかそうぎょ》と呼ぶべきか、それとも本名の魚澄草樹《うおずみそうじゅ》と呼ぶべきか、迷った末に、

「ありがとうございました、片岡さん」

工藤はそういって頭を下げた。

姿勢を元に戻したときには、初老の客の姿はどこにもなかった。

店を閉め、鍵をかけてそれを封筒に入れる。

「本当に行くつもりなのか」

野太い声で呼び止められた。

「また、不意打ちですか、参ったな」

「まったく、不人情な真似をしやがる」

ちょうどあなたの店のポストにこれを入れておくつもりでしたと、工藤は封筒を香月に渡した。

「で、あなたは本当に香月圭吾なのでしょうねえ」

「寝ぼけたことをいうんじゃないよ。俺以外のどこに香月圭吾がいるんだ」

「良かった。では確かに渡しましたよ」

歩き出そうとする工藤に「いつ帰ってくるつもりだ」と、香月の声が投げかけられた。

「わかりません、なにも」

「おい！」

強い調子で呼び止められ、振り返ると、香月が仁王立ちしている。

ばかりではない。

タウン誌編集者の仲河《なかがわ》がいる。作家の秋津《あきつ》文彦《ふみひこ》がいる。幻の焼酎を追い求めていた真澄《ますみ》がいる。カメラマンの妻木《つまき》も、花巻の日浦夫妻も、山口にいるはずの飯島七緒も、つい先ほどビールを飲んでいた片岡草魚までも本来の姿に戻って、立っている。

こいつはたまらない。

工藤哲也はみなに向かって、深々と頭を下げた。

長い間のご贔屓《ひいき》、本当にありがとうございました。

香菜里屋を知っていますか

香菜里屋を知っていますか。

東急田園都市線の三軒茶屋駅。駅から地上に上がり、世田谷通りを環状七号線に向かって歩くこと二百メートルほどのところを左折して、あとはいくつかの路地を右へ左へと進むと、やがて小さな路地裏に、ぽってりと淡い光をたたえた等身大の提灯《ちょうちん》が見えてきます。それが目印なんです。アルコール度数の違う四種類のビールを常備していて、最も度数の高いものはロックスタイルで供されると聞きました。カウンターにはヨークシャーテリアの精緻《せいち》な刺繍《ししゅう》を施したワインレッドのエプロンを身につけたマスターが、いつも人懐こい笑顔を浮かべているそうで。「今日は＊＊の良いものが手に入りましたが」と彼が語りかけると、ほとんどの客がそれを注文し、幸福なひと時に酔いしれるのです。

なによりも。

その店には多くの謎が持ち込まれます。時には客同士、互いの推理を競い合う場面もあったようです。

けれどいつだって謎を解き明かすのは、カウンターの中で黙々と酔っ払いを製造し続ける、工藤マスター。

ねえ、香菜里屋を知りませんか。確かに三軒茶屋に、そんな名前の店があったはずなのです。

1　雅蘭堂《がらんどう》・越名《こしな》集治《しゅうじ》

始まりはいつか終わりへと繋《つな》がる約束のようなものだ。

そんな気障《きざ》なフレーズを、どこかで耳にしなかったか。遠い昔のはやり歌か、あるいは三文ハードボイルドの主人公の台詞か。

雅蘭堂《みせ》の商品にはたきをかけながら、もしかしたら独り言をいったかもしれない。

「越名さん、齢をとった証拠だよ。独り言なんて」

アルバイトの安積《あつみ》が、からかうように笑った。

「成熟した大人の雰囲気といいなさい。独り言とはすなわち人生の含蓄《がんちく》です。だいたいお前は大学の国文学科に籍を置いているくせに、日本語を知らなさすぎる」

「小言《こごと》も年寄りの第一条件だって」

「どこで覚えた、そんなくだらない台詞を」

「国文学概説《がいせつ》の授業だよん」

まったく最近の大学ときたら、ろくなことを教えない。いや、昨今の風潮を考えるなら、意外にまじめに講義を受けている安積は学生の模範というべきなのだろうか。

――まさか……ね。

「ところでね越名さん、最近サ、店の品物の毛色、少し変わってきてない？」

「おっ、鋭いな」

「わたしのこと馬鹿にしていないかな。もう何年この貧乏くさい店でアルバイトしてあげてると思ってるの」

「あれは……お前が店でジッポーライターを万引きしようとして、とっつかまったときだから、ええっと」

「そんなリアルなことまで思い出さんでよろしい！　とにかくわたしは店の古参アルバイター。わからぬことなどなにもない」

古参もなにも、雅蘭堂には、かつてもこれからもアルバイターは安積以外にない。そういおうとして、言葉の持つあまりに大きな意味に気がつき、頭を抱え込みそうになった。

――安積ガコレカラ先モ店ニ居ツク……？

「どうした の越名さん。ずぶぬれの猫みたいに全身をぶるぶるさせて」

それはね、君の首を突然ぎゅうっと絞めたくなったのを、必死にこらえているからだよ。それを実行に移さないのが、大人の大人たるゆえんなのだと、何万回説いたところで、この娘に通じるはずがない。したがって仕事に専念することにした。

「これって、渋くてかわいい！」

「そりゃあ、どういう表現ですか。渋いとかわいいは別の言葉だと思うが」

安積が取り上げたのは、特別あつらえの萩《はぎ》焼のスープボールである。かつて三軒茶屋の路地裏にあったビアバー、香菜里屋で使われていたものだ。姫萩と呼ばれる優美な肌合いの器で、かつてそこに盛られた根菜の洋風スープを思い出すと、腹の一部がクウと鳴った。

「……いい店だったな」

「だった？　じゃあ、その店はもうないんだ」

「だから店で使っていた食器がここにあるのです」

「納得。でも越名さん、わたしを一度もその店に連れて行ってくれたこと、ないよね」

「大人の店に子供を連れて行ってどうなる」

「もう子供じゃありません、未成年でもありません」

「体つきでも年齢でもない。精神的に大人という意味だ」

店の主人の名は工藤哲也。わけあって急に店を畳み、三軒茶屋から出ていった。すでに一年以上も前のことだ。

「それでぇ、こんなに食器が増えたんだ」

どうせ安値で買い叩いたんでしょと、安積が言わずもがなの暴言をためらいもなく口にする。それにしても趣味がいいなあと、取り上げたのはジノリの絵皿だった。

「触るな、持ち上げるな、勝手にバッグに入れるな」

何度いったらわかるのだといってても一向にわかろうとしないのが、この安積という娘である。付き合い——雇用?——の長さゆえにすでに諦観《ていかん》の域に達しつつあるのだが、それでも一言いわずにはいられなかった。案の定「いいじゃない、一枚くらい」となんの反省もない言葉が返ってきた。

「どうしてお店、やめちゃったの」

「人にはいろいろ事情があるんだ。いろいろ……な」

「経営の悪化じゃなかったんだ。そりゃそうだよね、越名さんが褒めるくらいだもの」

「どういう意味ですか、そりゃあ」

「だって越名さんの性格ってサ……」

安積の饒舌《じょうぜつ》が、ふっととまった。

その理由はわたしにもわかった。店の空気が変わったのである。正確にいうなら、店の空気を一変させる人物が入店したのだ。

なんとも奇妙な風体《ふうてい》の男だった。デニムパンツにタートルネックの黒いセーター。アウトドア用のジャケットにニットのキャップ。身なりそのものを見れば、下北沢のそこここで見かけそうな風体だから、やはりまとった空気が異質なのだろう。店に入ってくるのは客と決まっているし、いや、それが冷やかしであったとしてもだ、時に道を尋ねられたり、無神経にも「トイレ貸してください」などといいつつ駆け込んでくる輩もいないではないが、この客はいずれでもなかった。しいていうならば禅宗の修行僧、あるいは無明の闇をゆくさすらい人、今しもゴビ砂漠に朽ち果てようとする旅人、そんなイメージを持たせるとしかいいようがなかった。

第一、年齢がよくわからない。三十過ぎにも見えるし五十前にも見える。キャップをかぶっていてもわかるほど短く刈り込んだ髪の毛も、年齢の判別を邪魔しているようだ。

「なにかお探しですか」と、とりあえず先手を打ってみる。が、応えはない。

「ゆっくり見ていってください。掘り出し物も結構ありますよ」

営業スマイルの安積がそういいつつ店の奥に引っ込んだのは、なにか危険な匂いを嗅ぎ取ったからだろう。そういう奴なのである。まったく役に立たないこと甚だしい、今月のバイト料をカットしてやろうと、心に決める前に、男が、

「この店に……その……香菜里屋で使用していた道具類が売られたと聞きました」

と、口を開いた。

「はい、そのとおりです。どちらでお聞きになりましたか」

「三軒茶屋商店街を聞き歩いて」

「ああ、なるほど。あの街は古くから大山詣《おおやまもう》での客で賑わったところでしてね」

その分、古い店も多く残っている。今でこそ再開発のために激変してしまったが、それでも古い商家、飲食店などが点在している。下町人情とやらを大切にする店の誰かが教えたのだろうと、納得した。

「あなたは香菜里屋の常連客だったのですね」

「いえ、そういうわけではないのですが」

「ならば、どうして？」

しばし、男は思いつめるように沈黙した。こうした時は無理に聞き出そうとしてはいけない。やがて自ら話し出すのを待つのがよい。哲学の命題は紐《ひも》でつないだカブトムシに似ている。無理に引きおろそうとしても抵抗にあうだけだ。やがてカブトムシは自ら頭上に下りてくれる。そんな逸話をふと思い出した。

「なんとなく、噂を聞いたものですから」

「香菜里屋が閉店したと」

「それもあります。あるいはとても変わった店だと」

「そうかなあ。確かに料理はあの街にしては絶品だし、アルコール度数の違う四種類のビールがあるから、変わっているといえば変わっているが」

客層も、相当に癖の強い人物が多いが、特に変わっているとは言い難いのではないか。そんなことを考えていると、男はポツリとつぶやいた。

「あの店に持ち込まれた謎は、必ず解かれる定めにある」

「そのことですか。しかし必ず解かれる定めにある、というのはちょっとねえ」

大袈裟《おおげさ》なといったが、男は表情を変えようとはしなかった。

確かに工藤哲也には、一風変わった能力がある。あった。料理の腕前もさることながら、客の持ち込んだ謎を、カウンターの内側からいながらにして、それこそ結び目をほどくように解決に導くことがしばしばあった。ただしそれは絶対無二の解答ではなく、「かれこれこのような考え方もある」といった程度のもので、名探偵快刀乱麻を断つごとき名推理、といった類のものではない。

——あるいはこの男……。

胸の内側にわだかまりを抱えているのかもしれない。あるいは小さな闇か。香菜里屋の工藤の噂をどこからか聞きつけ、店を訪ねようとしていたのではないか。とかく噂には尾ひれがつきやすい。しかし工藤の店はすでに一年前に閉店している。そして彼の行方は、ようとして知れない。

だが、とも思った。

「具体的にはどのようなお店だったのですか」

男が、さらりと話題を変えた。どうやら店の客でなかったのは真実のようだ。

「メニューですか。しいていうならば無国籍料理ですか、ね」

「あまり珍しいことではありませんね」

それは違う、とはいわなかった。香菜里屋の魅力は、工藤の推理云々を省いても、言葉で言い表せるものではない。代わりに木粉《もくふん》を固めたのではなく、木の塊《かたま》りから作られた椀を取り上げた。

そこに盛られていたのは、厚めに輪切りにした玉ねぎに蟹《かに》のすり身をつめ、揚げたもの。そばには季節の焼き野菜がたっぷりと添えられていた。

「衣に一工夫ありましてね。自家製のパン粉にたっぷりの粉チーズが混ぜてありました」

この平皿にはやはり自家製のピクルス。粗引きの黒胡椒《くろこしょう》をかけると、ビールもワインも進んで仕方がなかった。小鯛《こだい》をビネガーと昆布で〆《しめ》た一品には、

「この有田の器が使われていたのですよ」

「まるで、でたらめですね」

「でたらめ?」

「料理の組み立てが、ですよ。無国籍といえば聞こえはいいが、要するに行き当たりばったりで献立を作っていたのでしょう」

そのとき、男の表情にかすかに浮かんだ侮蔑《ぶべつ》の笑いを見逃すほど、わたしは惚《ぼ》けてはいなかった。少しむきになってしまったのかもしれない。

「そんなことはありません。ただ単にでたらめの献立だったならば、あそこまで常連客に愛されるはずはない」

「だからそれは、工藤という主人が謎を解いてくれるおかげで」

「なにか誤解があるようですね」

この男と話すことは、これ以上ない。急速に興味を失い、帳場に向かおうとしたわたしに、男は声をかけてきた。

「香菜里屋は……工藤哲也という主人はどこに行ってしまったのでしょうか」

「それは誰にもわからない。知っているなら、わたしが聞きたいほどだ」

ただし、と言葉を付け加えた。

三軒茶屋から渋谷寄りに一駅、東急田園都市線の池尻大橋駅すぐ近くに《香月》というバーがある。そこの主人は工藤の古くからの知り合いらしいから、彼ならばなにかを知っているかもしれない。そもそも香菜里屋で使用されていた諸道具を、斡旋《あっせん》してくれたのも彼だから。

といって後、振り返ったがすでに男の姿はなかった。

＊

といったことが五日前あってねと、わたしが注文したギムレットを作る香月圭吾に話しかけてみた。

「来ましたか、あの男」

シェイカーを振りながら、香月は静かに首を横に振った。

「へんだよねえ、なんか気持ちの悪い男だったなあ」

ついてくるなといったにもかかわらず、わたしのあとを尾《つ》けるように、というよりはとり憑《つ》くようにやってきた安積が口を挟《はさ》む。

「どうしてお前がここにいるんだ」

「だって香月さんの作るカクテル、飲みたかったんだもん」

「先にいっておくが、支払いは別々だからな」

「けち！　守銭奴！　吝嗇家《りんしょくか》！」

「意外に難しい言葉を知っているな。さすがは国文科の学生だ」

店を手伝う香月の妻ひずるが湯気の立ちのぼる皿を持って現れた。拍子木に切ったベーコンとセロリを炒めたもので、「仕上げに和風のノンオイルドレッシングを用いるのが決め手」なのだそうだ。

とたんに安積の顔がお預けを食らう子犬になった。

食べていい？　いいよね、だめといわれたって食べちゃう。振りかざしたフォークが凶器と化す前に、仕方なくうなずいた。

「これって最高！　ベーコンとセロリってこんなにも相性がいいんだ」

「お嬢さん」と、香月がメリハリの効いた声音でいった。

セロリは夏が旬の素材だが、それだと香りが強すぎてベーコンと喧嘩をしてしまう。だから秋も深まった今くらいが、ちょうどいいんですよ。

「それにしてもセロリによく味がなじんでいますね」

「調理する直前に、軽く塩もみにしておくんだよ、雅蘭堂さん」

その言葉を聴きながら、不意に鼻腔の奥がきな臭くなった。

——もう一年なんだ。

別に忘れていたはずもないのに、改めて香菜里屋と工藤の不在が、痛みとなって疼《うず》いた。

「どうしたの越名さん。目がウルウルしているよ」

「なんでもない。気にするな。早く喰って帰っちまえ」

「やだね。香月さん、オリジナルカクテル作って。わたしの今日のイメージと気分で」

よほどの常連客でもない限りしない、傍若無人ともいえる注文の仕方であった。けれど香月は丁寧に一礼し、しばらく考えた後にラムとフルーツリキュール、そして数種の酒瓶をカウンターに並べた。

やがてカクテルグラスに注がれた淡いオレンジ色のカクテルが、安積を狂喜乱舞させた。そっと口をつけ、今度は羽化登仙《うかとうせん》の面持ちとなる。

「すみませんね、気を使わせてしまって」

こいつにはホワイトリカーのお湯割りに梅干でも入れて飲ませておけばいいのに。

といったにもかかわらず、安積は気づく様子もなくカクテルに酔いしれていた。

「山口県の知人が、珍しいリキュールを送ってくれましてね」

聞けば橙《だいだい》と日本酒で作られたリキュールだとか。甘味が少ないために、さっぱりとした味わいのカクテルができるらしい。

「ところで先ほどの話だけど」

「下北沢の店にやってきた奇妙な客のことだね」

「どうも来店の意図がよくわからない」

「それははっきりとしている。客は工藤の行方を知りたがっているのさ」

「だからどうして」

香月が腕組みをしたまま、ふむとうなった。

わからないことはまだあった。

わたしは男に対して工藤の手がかりを知っているとすれば、この香月圭吾を措《お》いてほかにないと教えたのである。にもかかわらず、男は店を訪ねてはいなかった。

「それって簡単なことじゃないの」

カクテルを飲み終え、別のものをと、ずうずうしくも注文してから安積がいった。

男が《バー香月》にやってこないのは、簡単に言えば香月に会いたくないからではないか。すなわち男は香月の顔見知りであり、なおかつ後ろ暗い気持ちを抱いている。

安積がまだ高校生であったころのことだ。お前の脳みそなどスーパーで投売りされていても買う気はないと、うそぶいたことがある。ところがどうしてどうして、少しは世間の風にさらされたのがよかったのか、あるいは頭脳明晰な経営者の下で修業《アルバイト》したのがよかったのか、たぶん後者であることは間違いないが、鋭い分析をするようになったと、わたしは感心した。

「あっ、越名さん、目がわたしのことを馬鹿にしている」

「そんなことはない。素直に感動しているんだ」

二人のやり取りを聞いているのかいないのか、香月は新たにシェイカーを振り始めた。

頭では別のことを考えながらでも、その腕に染み付いた技は正確に仕事をこなすことが可能なのだろう。正しく「職人芸」というべき機能美をわたしは目の当《あ》たりにした。

「過去と向き合うというのは、なかなかつらいものだね」

安積にカクテルを勧め、香月がおよそ場違いな言葉を口にした。わたしにはそう聞こえたが、彼にとっては「つらい」としかいいようのない出来事が語られる、そんな気がした。

幸いにも、客はわたしたち以外に、なかった。

＊

雅蘭堂さん。前に話したことがあったっけな。俺も工藤もかつては横浜の店で修業していたって。二人とも、その店に育てられたようなものさ。オーナー兼シェフがそりゃもう、とびきり厳しい人でね。おまけに口は悪い。口よりも先に拳固《げんこ》が出るってんで、俺たち従業員――といっても厨房に三人、ホールに二人の計五人しかいなかったが――は「親父さん」と呼んでいたがね、彼が厨房に入ってきたとたん、あたりの空気がぴいんと張り詰めたものさ。

けれど腕は一流だった。若いころから豪華客船の厨房で働いていたとかで、あの手の客船にはさまざまな人種が乗り込むだろう、それだけ多様な料理を作らなきゃいけないとあって、下手な料理人は採用されることすらないそうだ。だから……店はいつだって繁盛していたよ。親父さんの指導は確かに厳しかったが、その先になんだか自分の将来が見える気がしたもんだ。

だが好事魔多しとでもいうのかね、さる外食チェーンが俺たちの店に目をつけたんだ。できれば傘下《さんか》に組み入れて、うちの店を中心に別のチェーンでも作ろうとしたのかなあ。もちろん親父さんは断った。なにせ俺や工藤が厨房を任されるようになってさえ、数種類のソース、フォン・ド・ボーは毎朝自分がチェックしなきゃ、気のすまない人だったから。チェーン店なんてのはもってのほか、そんなことで味が維持できるはずがないと、相手の申し出を蹴飛ばしたんだ。最初は紳士的に交渉に当たっていたチェーン側も、親父さんの頑固ぶりには少々感情を害したらしい。これは聞いた話に過ぎないが、双方が脅《おど》しめいた捨て台詞を残して交渉は決裂したとか。

それがきっかけだったと思う。店に小さな変化が現れ始めたのは。たとえばそれが、店にヤクザものが出入りするようになって、というなら話は簡単だった。工藤はともかく俺も親父さんも、腕っ節には少々の自信はあったから半端な連中のいいようにはさせやしないよ。

最初は閉店ぎりぎりにやってきたカップルだった。すでにオーダーストップの時間は過ぎていたが、工藤も俺も、せっかく来てくれたのだからと、快く彼らを迎え入れたんだ。聞けば千葉からわざわざ評判を聞きつけて来てくれたというじゃないか。ところがそれが間違いだった。閉店時間をとうに過ぎたというのに、彼らはいっこうに帰る気配がない。テーブルにはほとんど手付かずの料理がすっかり冷めて残っている、ボトルワインも同様だ。結局、彼らが帰ったのは午前三時すぎ。それから厨房の片づけを始め、店を出たときには夜が明けていたっけな。どうして客のいる間に済ませなかったのかって。そんな姿を見せたら、それこそ客を追い立てるようなもんじゃないかね。俺も工藤もホール係の二人も、親父さんからそんな教育は受けていなかったんだ。

そのカップルが再びやってきたのは一週間後だった。やはり閉店ぎりぎりの時間。前に許したものを、今回はだめだと断るわけにはいかなかった。一応は閉店時間を告げたが、それでも彼らは帰らず、同じことが繰り返された。

次にやってきたのは埼玉からやってきたという、中年男の二人連れだった。例のカップルとは少し違って、オーダーストップの少し前。けれど結果だけが同じだった。いや違ったか。二人ともワインとウィスキーをがぶ飲みした挙句、ホール係の女の子にさんざ絡んで、明け方近くに帰っていった。

似たような出来事が幾度か続くうちに、従業員の間に不協和音が、それこそ波紋のように広がっていったんだ。度重なる残業で疲れていたのだろうな。オーダーは間違える。皿をひっくり返す。険悪な空気が店を覆い始めたが、そんな時、いつもなだめ役に回るのが工藤だった。だがそれにも限界はある。しまいには親父さんまでもがおかしくなっていった。ソースをひと舐《な》めしたとたんに、担当の工藤に向かってスプーンを投げつけ、「こんな寝ぼけたソースが出せるか!」と一喝《いっかつ》。あのときの工藤の血の気を失った顔は今でもよく覚えているよ。

そのうちにホールの女の子がやめたいと言い出した。度重なる過重な残業のおかげで、当時付き合っていた彼氏から浮気を疑われたそうだ。そりゃあそうだ。当時は携帯電話なんてものはそれほど普及していなかったから、疑われても仕方がない。だが直接のきっかけは、やはり親父さんだった。ホールが暗すぎる、彼に、こんな陰気な明かりの下で、おいしい料理を楽しめるはずがないと決めつけられたんだよ。彼女の決意は固く、そこには店側の事情も少しだけ絡んでいたこともあって、退職はあっさりと許可された。事情……つまりは人件費の問題だよ。店はたこ部屋じゃないんだ。残業をすれば、それだけ人件費がかかる。それが経営の大きな負担になっていたんだ。

といって、香月は自分用のバーボンソーダをぐいと飲み干した。

代わりに香菜ちゃんが店を手伝うようになった。もともと明るい性格の娘で、ホールにはうってつけの人材だったよ。たちまち店の人気者になったのはいうまでもない。古臭い言い回しで申し訳ないが、ホールの男も厨房の三人も、そう、あの工藤でさえも静かに情熱を注いでいたはずだ。あっ、ひずるさん。これはあくまでも昔の話です。あまり怖い目をしないで。

店はいったん勢いを盛り返したと思われたのだが、まもなく決定的な悲劇が訪れた。さる有名なグルメ評論家が、自分の連載で店を取り上げたいと申し込んできたんだ。今から考えると、あれも罠に過ぎなかったんだな。日ごろは覆面取材と称しておし忍びで店を訪れ、褒めるときは褒めるが、評判どおりでない場合は容赦なく非難するというスタイルで人気を得ていた評論家だった。それが雑誌の担当記者からテレビクルーまでつれて取材にやってきたのだから。

評論家が注文したのはタンシチューだった。

これこそ、うちの看板メニューともいえる料理で、フォン・ド・ボー、ウィスキー、ビールで、箸で千切れるほど柔らかく煮込んだタンにドミグラスソースを合わせ、ソテーした季節の野菜を添えたものだった。しかもそれを土鍋で煮立てて熱々を食べていただくというのが、親父さんが考案したスタイルだった。常連客の中にはライスを別に注文し、上からかけまわして食べる人も少なからずいたな。

評論家に料理を運んだのは香菜ちゃんだった。

土鍋が熱くなっているのでお気をつけください。

その声を今もよく覚えているよ。少し緊張の混じった、けれどこの評論家に褒められれば、店は昔以上に繁盛することだろうという期待感。そして……これはあまり認めたくはないが、工藤ならば評論家を驚嘆させるだけの料理を作らぬはずがないという、確信がその声にはこもっていた。本当に認めたくはないのだが、香菜ちゃんが工藤に好意以上の感情を持っていたことも確かだった。つまり他のむくつけき男どもは、戦わずして敗北を喫していたというわけだ。だからひずるさん、これはあくまでも昔話です。

だが、まさかあんなことになるなんて。

そういって香月は再びバーボンソーダを作って、口にした。それはあるいは沈黙を作り出すための、つらい過去をよみがえらせるための、心の準備運動だったのかもしれない。

一口食べた次の瞬間、評論家はタンシチューをあざといほどの激しさで吐き出したんだ。しかも香菜ちゃんの顔面に向かって。その光景を思い出すだけで、鳥肌が立ちそうになるよ。しかも、だ。奴は引き連れた雑誌記者、テレビクルーにもタンシチューを食べさせ、「こんな塩辛いソースが喰えるものか、そうだろう、君たちもそう思わんか」と、これ見よがしに連中に同意を求めやがった。工藤はあわてて厨房を飛び出し、許可をとってのち自ら味見をしたよ。

こんな馬鹿なことが。

呆然と立ち尽くす工藤の唇から漏れたのは、その一言だった。

香菜ちゃんは自らの顔面に吐きかけられた汚物をぬぐおうともせず、ただ、どうして、どうしてこんなことになっちゃったのと、繰り返すばかりだったさ。

＊

グラスを握り締める香月の手が震えている。

それでどうなったのですか、とはどうしても聞くことができなかった。少なくともわたしには。ところが、である。安積にそのような心配りがあろうはずもなく、無邪

気に、

「それで、お店はどうなったのですか」

と香月に尋ねやがった。

「まもなく閉店しましたよ、お嬢さん」

「そりゃ、そうだよね。雑誌とテレビを敵に回しちゃ」

「あなたのいうとおり。けれど悲劇はそれだけではすまなかった」

香菜が工藤を必要以上に責めたてたのだと、香月はいった。

「責めた？　どうしてですか」と、安積は食い下がる。

「そりゃあ、工藤の作ったタンシチューによって、店は壊滅的な打撃を被ってしまったから……」

「でもね。香菜さんは工藤さんのことを好きだったのでしょう」

「好きだからこそ許せなかったんだよ」

「もしかしたら香菜さん、工藤さんを疑ったのかもしれない」

「鋭いね、お嬢さん。まさしくそのとおりなんだ。香菜ちゃんは工藤を疑った」

「わざと塩辛いソースを作って、評論家に食べさせた……」

香月は無言のまま、うなずいた。

香菜はこう考えたのだろう。工藤は例の外食チェーンに買収されたのではないか。あるいは店が閉店したのち、格別の好条件で雇用される約束でも交わしたのではないか、と。

「好きだからこそ許せなかったんですね」

「けれど、それは香菜ちゃんの誤解だよ。工藤はそんなことをする男じゃない」

「でも……店が閉店してまもなく、工藤さんも香月さんも、ほぼ同時に三軒茶屋と池尻大橋で店を開いているじゃないですか」

その資金の出所はどこなのか。三軒茶屋も池尻大橋も、土地の値段は決して安くはない。安積の言葉の裏には、恐ろしいことだが香月への疑いまでも含まれている。

「それはね」と香月は少しばかり言いよどんだ。

それはね、お嬢さん。店を畳むときに、親父さんが相当な額の金を俺たち二人に渡してくれたからだよ。池波正太郎《いけなみしょうたろう》のファンだったからなあ。「こいつは引き金だ。これで店でも持ってみろ」といってね。

「そうか。では、やっぱり工藤さんの単純なミスだったんだ」

「そんなはずはない。ソースを土鍋に移し、火をつける前にあいつは必ず味見をするはずだ。いや、俺だったら必ずそうする」

「じゃあ、どうして」

　安積の疑問は別の意味でわたしの疑問でもあった。

　仮に安積の言うように工藤が単純にミスを犯した、とする。

　——だが……。

　タンシチューは香菜里屋の定番メニューでもあった。かつて働いていた店を破滅に追いやったばかりではない、それは工藤自身が調理したものである。良心の呵責《かしやく》があればメニューからはずすのではないか。わたしが知る限りにおいて、工藤哲也とはそうした心根の持ち主であったはずだ。

　そのことを香月に告げると、

「つまり、工藤は自らのミスを認めていないということだな」

「それって、あれじゃん。ただのジコチュウって、やつじゃないの」

「安積、お前は工藤君のことを知らないから、そんな台詞が平気で口にできるんだ。いい加減にしなさい」

「それは越名さんが香菜里屋に連れて行ってくれないから……」

　香月と妻のひずるの視線の質が、変わった。わたしもまた然り、である。

　さすがにお馬鹿な娘でも、周囲の空気がただならぬ冷気を含み始めたことに気づいたらしい。「だって」を何度か繰り返したのち、お邪魔しました、とうつむき加減に店を出て行った。

「悪いことをしたね、安積ちゃんといったっけ」

「気にしないでください。少しお灸《きゅう》をすえてやらないと、あいつの馬鹿は加速するばかりですから」

「相変わらず、口の悪い」と、ひずるが笑った。

「ところで、横浜の店のオーナーはその後、どうされたのですか」

「わからない。二度と会わないというのが約束だったから」

「ずいぶんと変わった約束ですね」

「本人は田舎に引っ込んで隠居暮らしをするといっていたな」

「香菜さんは」

「結局、工藤を許さなかった。許さないまま、旅に出たと聞いている」

その後のことは、以前、香月から聞いたことがあった。工藤は三軒茶屋に店を構え《香菜里屋》と名づけて、彼女の帰りを待ったのである。香菜がいつでも帰ることのできる古里、の意味をこめて。そして十数年、工藤は待ちに待った便りを受け取った。仔細はよくわからないが、香菜の危急を救うべく、店を処分して彼女の元に駆けつけたのである。

　そして今に至る。

「工藤君、元気でやっていますかね」

「あいつのことだ、香菜ちゃんのことも含めて、なんとかするはずだよ」

「それにしても、例のタンシチューですが」

「なぜ、一度は味見をしたはずのソースが、塩辛くなってしまったのか」

　誰かが、塩を混ぜ込んだのか。だとすると、容疑者は二人に絞られる。

「雅蘭堂さん、よくないことを考えていないか」

「わかりましたか」

「だって、俺も同じことを考えていたからね」

「じゃあ、やっぱり香月さんが！」

「よしてくれ。俺はあの時、別の料理にかかりっきりだったんだ」

「だとすると……」

「うん。雅蘭堂を訪ねた奇妙な客のことが、そこで引っかかる」

「香月さんの顔見知りでなおかつ、あなたと顔を合わせることを避けたい人物」

　かつて工藤と香月が働いていた店を、一杯のタンシチューで閉店に追いやった、その負い目を持っている人物、である。

「時田《ときた》……雅夫《まさお》といったかな」

「たぶん、工藤君はそのことに気がついていたんですね」

「自分のミスではない。時田の仕掛けた悪意にしてやられただけだ、と」

「だからこそ、工藤君は店のメニューからタンシチューをはずさなかった」

あるいは、いつか香菜が香菜里屋を訪ねてきたら、食べさせようと考えたのかもしれない。横浜の店のオーナーの味は、ちゃんと守り抜いている。だから安心して戻っておいで。そんなメッセージをこめて。

わたしも香月も、ひずるもしばしの感慨にふけった。

その空気を見事なまでにぶち破ってくれたのは、誰あろう安積だった。

「大変だ、大変だ」とバー香月に飛び込んでくるさまは、かつて一世を風靡したテレビ時代劇「銭形平次」の子分を思わせた。年齢がばれそうな表現で、恐縮だが。

「どうした安積！　帰ったんじゃなかったのか」

「それが大変なんだって。あの客の名前がわかったんだよ」

鼻を自慢げにぴくぴくと動かす。実にわかりやすい性格である。

「時田雅夫、じゃないのか」

安積の目が大きく見開かれ、そして二度、三度と瞬きを繰り返した。

「どっ、どうしてそれを」

安積に遅《おく》れること数秒の間を置いて、女性客が店のドアを開けた。

「その男、わたしを訪ねてきたのですよ」

「冬狐堂《とうこどう》さん！」

店舗を持たず、市から市を渡り歩いて商品の売買を行う古物商。別名、旗師《はたし》とも呼ばれる冬狐堂・宇佐見陶子《うさみとうこ》が立っていた。

2　冬狐堂・宇佐見陶子

神経の疲れる競り市《せいち》だった。

競り台に載っているのは、ガレのガラス花器《かき》である。こよなく日本を愛していたことで知られるガレらしく、団扇《うちわ》のフォルムで中心にはとんぼが二匹、舞っている。状態は極めてよく、指値《さしね》（売主の指定値段）と発句《ほっく》（競り人が最初につける値段）次第では、ぜひとも落としたい品だった。

――指値は百二十、いや百四十だな。

だとすれば、発句は六十あたりから始まるだろうと、予想した。
すでに午前中、明治時代の作で富士山をあしらった蒔絵《まきえ》の盆を落としそこなってい
る。完全に指値を読みそこなったのである。場の空気を読みながら競《せ》り値をあげてゆ
き、ほかの業者よりも高値をつけたつもりだったが、指値に届いていなかった。こう
した場合「親引《おやび》き」といって品物は売主の元へと戻されることになる。
さらに一点。江戸時代の法月《ほうげつ》作と見られる狸《たぬき》の根付《ねつけ》を、埼玉の業者に掻《か》っ攫《さら》われて
しまった。法月との確信さえあればもっと競り値を上げたものを、なかったばかりに
ためらってしまった。中入りの休憩中、競り落とした同業者が、得意げに擦り寄って
きて、
「あの根付だがね、俺が以前に別の客に売ったものなんだよ。回りまわってまた俺の
ところに戻ってきた。法月だってことははなから承知さ。しかも」
その間に値がずんと上がっていた。こいつをまた別の客に回せば、それでまた新た
に利益になる。商売ってのはこうするもんだ。
と、同業者はいって、くるりと背中を向けた。
神経が疲れる、のはそのためだった。
競り市は生き物である、とは陶子たちの世界ではごく当たり前の言葉で、「砂糖は

甘い」というのに等しい響きを持っている。当然ながらそこには相性《あいしょう》と呼ばれるものが存在する。競り市そのものと相性が良い、悪い。競り台に並んだ品物と相性が良い、悪い。競りに参加する同業者と相性が良い、悪い。

――どうも今日は、すべてと相性が良くないようだ。

こうした日は、黙って市を去るのが得策であるとわかっているのに、離れられないのは、ほとんど業《ごう》としかいいようがない。

「エミール・ガレ作とんぼ紋団扇《うちわ》形花器、まいります。では五十からお願いします」

競り人の言葉に、ふと違和感を覚えた。が、すでに競りは始まっている。すぐに「五十五」の声があがる。続いて五十八。六十一。

「六十五！」と、陶子は競り値をあげた。「六十八」の声がすぐに追いかける。

こうした流れの中で、陶子の中に再び疑惑の波紋が広がりを見せた。

――もしかしたら……。

競り人がエミール・ガレの名前を公言した限り、それが贋作《がんさく》であることはありえない。ではなぜ発句が予想よりも十万円以上安かったのか。朝からの不調ぶりを思えば、納得できなくもない。

だが、陶子は自らの直感を信じて、そっと競り場をあとにした。

自動販売機の前で紙カップのコーヒーを飲んでいると、百メートルほど先を足早に立ち去ろうとする男がいた。午前の競りで、狸の根付を競り落とした同業者である。

「畜生！　あと彫りってなんだよ、なんてこった……大損じゃないか」

どうやらガレの花器を競り落としたのもあの男らしい。

あと彫りとは、本来のガレの作品にあとから手を加え、グラインダー等で模様を刻みつけることをいう。ガラスという脆弱《ぜいじゃく》な素材は、しばしば傷を生じる。それでは価値が下がってしまうから、傷を隠すためにあと彫りを施す。いずれにせよ、それが知れてしまえば価値は半減してしまうのだが。

陶子はコーヒーを飲み干し、

——性格がますます悪くなるようだ。

胸の奥で笑みを浮かべながら帰路についた。

＊

陽が大きく傾き、その日の最後を告げるように通りを朱に染め上げている。

男もまた朱に染められ、立っていた。

陶子のマンションの前に立ちつくし、近づくと「宇佐見陶子さんですね」と声をかけてきた。

「それとも冬狐堂さんとお呼びしたほうがいいでしょうか」

そのばかに丁寧な言葉遣いが、陶子に警戒の念を呼び覚まさせた。同業者か、あるいは警察関係者か。古物商《こぶつしょう》は時として犯罪に巻き込まれることがある。陶子もまた、幾度か苦い水を飲まされたことがある。あまりに苦すぎて、その記憶を永遠に封印しておきたくなるほどだ。

「どちらさまでしょうか」

「初めてお目にかかります。時田雅夫といいまして」

そういって男は、名前と連絡先のみを記した名刺を差し出した。

「なにかご用ですか」

「もちろん、用があるから推参《すいさん》したんです」

言葉遣いとは裏腹に、人を見下す目を、時田雅夫は持っていた。陶子の住む世界に、そうした態度をとる人間は少なくない。今日の競り市であった同業者のように、である。だが時田雅夫に同業者の匂いはなかった。それどころか、彼の職業を示す匂いそのものが感じられなかった。どこか人間であることすら忘れてしまったような、奇妙なほど存在感のない男だった。

——にもかかわらず、この男は人を見下す術《すべ》を知っている。

あまりお近づきになりたくはない人種である、と陶子は判断した。

「お話をお聞かせ願えませんか」

「と、いわれましてもねえ。なにかお探し物ですか。でしたら、わたしのような旗師は不向きです。誰か良い客師《きやくし》を紹介しましょう」

客師とは、競り市の目録を持って客の間を回り、依頼を受けて競りに臨む業者である。旗師も客師も変わりはない、同じ穴の狢《むじな》に過ぎないと断言する業者もいる。事実、陶子自身も得意客の依頼を受ける場合もあるが、あくまでも本業は専門業者相手の旗師である。その自負があった。

「違います。お聞きしたいのは香菜里屋について、です」

その一言が、時田雅夫を部屋に上げる気にさせた。

時田を応接間に招き、キッチンに向かった陶子は冷蔵庫の前で迷った。香菜里屋の話をするのに、冷えた麦茶は似合わない。コーヒーも紅茶もふさわしくないだろう。冷蔵庫のボトルストッカーからフランス産の高アルコールビールを取り出し、ロックグラスに注いで氷を浮かべた。かつて香菜里屋で、最もアルコール度数の高いビールがそうやって供されたように、スタイルを真似たのである。

「お待たせしました」

「すみません、急に押しかけたのに……本当にお構いなく」

「ところで、香菜里屋についてなにかお聞きになりたいと」

「宇佐見さんは、香菜里屋の常連客だったそうですね」

常連客。その言葉に陶子はふと違和感を覚えて、沈黙した。

確かに世間一般から見れば常連客に違いはなかろう。多いときには週に二度も三度も香菜里屋には足を運んだ。そこにはさまざまな職種の人々が集《つど》い、語らい、酒食を楽しんだものだ。下北沢の古物商、雅蘭堂の越名集治とは、時に商売上の情報交換をすることもあった。だが、果たしてあの店に常連客という言葉はふさわしいだろうか。

なによりも、それを聞いて時田は、なにを知ろうとしているのだろうか。

「とても気持ちの良い店でしたからね」

「料理が、ですか。それとも店の造りが。あるいは客層が良かったとか」

「………」

再び陶子は言葉に詰まった。

細い路地にぽってりと浮かぶ白い等身大の提灯と、伸びやかな字体で書かれた《香菜里屋》の屋号。焼き杉造りのドアを開けると、いつだって柔らかな笑顔で迎えてくれる工藤哲也。十人がやっと座れるほどのL字形のカウンターと二つの小さなテーブル。間接照明で、どこか隠れ家めいた店内。アルコール度数の違う四種類のビールと工藤の手が作り出すさまざまな創作料理。そのどれもが魅力的で、店でしばしば交わされた推理めいた会話も、十分に楽しませてくれた。そのどれもが香菜里屋の魅力なのだが、どれかひとつが突出して魅力を際立たせているわけではない。

「強いていうならば、工藤哲也という人物ですかね」

陶子の言葉に、時田の口元が一瞬引き締まった。ほんの一瞬、引き締められた口元と目の色に、言い知れない感情を見た気がした。

「やはり……工藤の料理と人柄ですかね」

「工藤？　もしかしたら、あなたは工藤氏を知っているのですか」

自らの失言に気がついたらしい。見開いた目が時田の狼狽を物語っていた。

「知っているのですね、工藤氏を。もしかしたら、古いお知り合いですか」

香菜里屋に通い始めたのは、もう十年も前のことだ。そして一年前、工藤が突然に香菜里屋を閉店するまでの間、陶子には時田を店で見かけた記憶がない。だとすれば、それ以前の知り合いと考えるしかない。

「ずっと以前、彼と同じ店で働いていました」

「もしかしたら横浜のお店ですか」

「誰から聞いたのですか。横浜の店のことを」

「池尻大橋に《バー香月》という店があります。そこの経営者に」

「そうですか。あなたは香月圭吾を知っているのですか」

では、店が閉店した経緯《いきさつ》については、との問いに陶子は首を横に振った。

三度変わった時田の目の色は、どこか安堵めいている気がした。

工藤哲也と香月圭吾。二人が同じ店で修業を積んだことは知っている。が、その店でなにがあったのか、どうして二人は別々に店を起こしたのか。普段から決して口数が多いわけではなかった工藤はもちろん、どちらかといえば饒舌の類に属する香月からも、聞いたことはなかった。

突然、時田の表情に明かりがともった。

「いや、風の便りに工藤の店が閉店したと聞きましてね」

それで気になって三軒茶屋にやってきた。商店街の店主にも聞いて回ったのだが、よく仔細がわからない。だから、こうして常連客の人々のところを訪ね歩いているのだと、時田は明るい表情のまま語った。

そんな表情をする男たちを、陶子はこれまで何人も見知っている。クサんだ（質の良くない）商品を、売りつけようとする男たちは決まって同じ顔つきをする。いかに商品の傷を隠し、あるいは後ろ暗い由緒来歴《ゆいしょらいれき》を伏せて、商品を高値で引き取らせようかと画策する男の顔そのものだった。

「心配をしているんですよ、かつての同僚として」

「もしかしたら、あなたも飲食店を？」

「かつては別の店で働いていましたが、今は事務職です」

「そうですか、お勤めですか」

「水商売には浮き沈みがありますからね」

もしかしたら、工藤は窮地に立たされているのではないか。そう考えると、いても立ってもいられなくなった。資金面で苦しいなら、わずかばかりではあるが、用立てることも可能なのだ。どうして相談してくれなかったのかと、多少は恨みがましい気持ちがないではない。かつてはあれほど仲良くしてたはずなのに、と時田は明るい表情を変えずにいう。

「さあ、店はたいそう繁盛していましたからね、経営難が理由ではなかったと思いますよ」

「じゃあ、誰かの保証人になったとか。あるいは良くない相場に手を出したとか」

もしかしたらギャンブルかなあ、昔から好きだったからと、時田はまた言わずもがなの一言を口にした。

いつだったか客の一人が競馬新聞を眺めながら、その年最後のG1レースの話題を何気なく工藤に持ちかけたことがある。

『あいにくですが馬券の買い方も知りません。ギャンブル全般に興味がないものですから』

そのときの工藤の言葉を、陶子ははっきりと覚えている。

「さあ、よくわかりませんね」

「じゃあ、どうして工藤は店を閉めてしまったのでしょうか」

彼が長い間待ち続けた女性のこと。そして窮地に立たされた彼女に救いの手を差し伸べるべく旅立った話は、香月から聞いていた。だが、

「人にはそれぞれ事情があるのでしょう」

わたしにはよくわかりませんと、時田と同じ表情を作って陶子はいった。

＊

そんなことがありましたかと、ミキシングスプーンを操りながら、香月が苦笑いを浮かべた。時田の奴めふざけたことをと、言葉が続く。

自宅にやってきた時田のことを話し、そして工藤の過去について聞かされたのちに、

「あの男が工藤氏と香菜里屋に好意を持っていないことは、すぐにわかりました」

「どうして？」

「だって時田は、ロックスタイルで飲むビールに、手もつけようとしなかった」

もしも、本当に工藤を案じるなら、あのスタイルに懐かしさを覚えないはずがない。

「これで二つのことがはっきりしましたね」

といったのは越名だった。

時田雅夫が、かつて工藤と香月が働いていた店を閉店に追い込んだ張本人であることがひとつ。

「そして彼は知りたがっている。香菜里屋の閉店の理由と工藤君の行方を」

「あっ、それならわたしには三つ目の謎が解けちゃった」

「安積君、物事はもう少し思慮《しりょ》深く、熟考《じゅっこう》を積み上げてだねえ」

「ナニいってるんだか。だいたい越名さんは古い道具ばかり見ているから、人間がわかっていないんだよ」

「お前にいわれると、人間失格の烙印《らくいん》を押されたような気がするな」

「半分、当たり」

越名が安積の首を絞めようとするのを、まあまあと嬉しそうになだめたのは、ひずるだった。たぶん、こうしたやり取りは雅蘭堂では日常茶飯事なのだろう。店舗を持たない自分には、望むべくもない光景である。

どうぞと、香月がオールドファッションドグラスに琥珀《こはく》色の液体を注ぎいれた。

「フランク・シナトラです」

ジンとバーボンをミキシングしただけのカクテルで、アルコール度数は相当に高い。だが口に含むと広がる馥郁《ふくいく》とした香りが、陶子は好きだった。仕事上のパートナーであり親友でもあるカメラマンの横尾硝子《しょうこ》とこの店で飲み続け、十数年ぶりに二日酔いのつらさを経験したこともある。

「本当にお強いですね、冬狐堂さんは」

あなたに匹敵するのは、東敬《とうけい》大学の蓮丈《れんじょう》先生くらいのものでしょうと、香月が笑う。

「懐かしい名前ですね。最近店に寄られますか」

「ええ、東京にいる間は、ちょくちょく。けれど蓮丈先生、すぐにフィールドワークに出かけてしまいますから」

「あの人らしい」

蓮丈那智《なち》は東敬大学で民俗学を教える准教授だ。学界では奇抜な発想と研究方法から「異端の民俗学者」とも呼ばれているらしい。ある事件をきっかけに知遇《ちぐう》を得たが、時にその怜悧《れいり》すぎる頭脳に冷や汗をかかされることもある。

「なんでも今は、迷《まよ》い家《が》伝説に取り組んでおられるとか、いないとか」

「なんですか、それは」

「岩手県の遠野《とおの》に伝わる伝説だそうです」

グラスに純白の布巾《ふきん》を当てながら、よくわかりませんという意味なのだろう、香月が首をすくめた。

――思えば、われわれの中心には常に香菜里屋があった。

あの店を失ってから、次第に関係は疎遠になり、いつしかそれぞれの世界でのみ呼吸をするようになったのではないか。人にはそれぞれ住む世界があって、普段は濃密に交わる機会はあまりない。だが香菜里屋の店内だけは、それぞれの人生を持ち寄り、語らい、交わることができた気がする。人生をクロスオーバーさせることが可能な場所、といっては言いすぎだろうか。

「それにしても工藤氏、いろいろあったのですね」

「時田が、どうしようもないことをしでかしたおかげで、俺たちは」

袂《たもと》を分かつことになってしまったと、香月が唇をかんだ。

「袂を？　またどうして」

「あの事件があったとき、香菜ちゃん同様、俺も工藤が許せなかった」

「タンシチューの一件ですね」

「あいつがミスさえしなければ、とね。だが、時間がたつにつれ、怒りも収まりましてね」

「そんなものでしょう、人って」

といいながら、香月の手がぴたりと止まった。

いや、違う。もしかしたら俺は、とんでもないことを忘れてしまったのではないか。あの時は怒りに任せ、工藤を香菜ちゃんと一緒になじったが、もっと大切なことがあったはずだ。確かに工藤の作ったタンシチューは塩辛かった。厨房に戻されたシチューを味見したのだから、それは間違いない。

香月の手から布巾がはらりと落ちた。

「あの味……」

「どうしたのですか」

「なぜ、工藤はそんなことを」

香月は会話を拒絶し、自らの思考の淵を深く深く潜行し始めたようだ。

陶子は香月の沈黙を破ることはしなかった。陶子ばかりではない。妻のひずるも越
名も、あのにぎやかな安積でさえも、その沈黙に付き合った。

やがて、香月が顔を上げた。

「やはり……わからない」

「なんだあ、それは。どうしちゃったの香月さん」

大袈裟にふきだして見せた安積が、おどけた声をあげた。

「工藤が作ったタンシチューさ」

「隙を見て、時田とかいう馬鹿が塩をぶち込んだのでしょ」

「それが違うんだ。あの味は単に塩を入れただけのものじゃなかった」

「でも塩辛かったって」

「もちろん塩はかなり多めに入っていたんだ。だがそれだけじゃない。もっと味に深みがあった」

たとえばフォン・ド・ボーを煮詰めて旨味を濃くし、さらにそれぞれの調味料を増

やしてバランスをとっていた。

「要するに、全体的に調和が取れていたんだ。ただの塩辛さじゃない、むしろ、いつもより数倍濃厚な味だったんだ」

だからこそ、と香月はいった。単に塩辛い、棘のある味だったら自分も時田のいたずらに気づいたはずなのだ。そうではない、奇妙に調和の取れた塩辛さだっただけに、

「余計に腹が立ったんだ。これは工藤のミスだって」

「じゃあ、時田って人は無実なの？」

「いや、そんなはずがない。あいつはきっと、なにかをしでかしたんだ」

でなければ、こそこそと香菜里屋のことを聞きまわったりはしないだろう。後ろめたいことがあるからこそ、あいつは俺の店にやってこないのだ。

香月が断言した。

「だとすると、どうなるの」とひずるが口を開いた。

「考えられることはひとつっきりしかない」

工藤は二つのソースを作り分けていたんだ。そして土鍋を火にかけ、目を離した隙に、時田は二つ目のソース、思いっきり味を濃く仕上げたソースと入れ替えやがった

のさ。

「どうしてそんなことを、ねえ圭吾さん」

「わからない。だが工藤はなんらかの理由があって、二つのソースを使い分けていた」

「もしかしたら、お客の好みに応じて、味の濃さを変えていたのかしら」

近頃のラーメン屋では味の濃さ、脂の量、麺の茹《ゆ》で加減まで客の好みに応じるという。工藤哲也ほどの観察力があれば、客の好みを瞬時に読み取ることは可能ではないか。

陶子がいうと、

「俺たちは厨房にいるんだ。そんなことは不可能ですよ」

第一、客を見ただけでその嗜好《しこう》を読み取るなんて、漫画の世界なら可能かもしれないがと、香月は否定した。

「あるいは、店の味を変えようとしていた、というのはどうでしょう」

「あのタンシチューはひとつの完成品ですよ、親父さんが考案した。忠実なる弟子である工藤が、そのような真似をするはずがない」

そういえばお嬢さん、と香月が話題を変えた。考えあぐねたようだ。

「先ほど、なにかわかったといってましたね」

「よくぞ聞いてくれました香月さん。わたしにはすべての謎が解けちゃったの」

「ほう、どんな」

「なぜ時田は工藤さんに悪質ないたずらを仕掛けたのか。そしてまた香菜里屋が閉店した理由、工藤さんの行方を知りたがっているか」

「そりゃあ、香菜という女性がいたからだろう」

越名がいうと、とたんに安積の頰がぷうと膨らんだ。

「どうしていつもいつも、わたしの大切な発言の機会を奪うかな」

「そんなこと、みんな承知だ」

時田は工藤を陥れたかった。彼に重大なミスを犯させ、香菜の心を引き離したかった。

「まあ、そればかりじゃないだろうが」

「どういうこと？」

「横浜の店の乗っ取りをたくらんだ外食チェーン、そこに買収されたのは時田だったはずだ」

「じゃあ、香菜さんと外食チェーンへの転職の両方を狙って……一石二鳥じゃない」

まあ、料理の腕はあまりよくなかったからと付け加えたのは香月だった。

香菜里屋の閉店理由と工藤の行方を知りたがるのも、根は同じだろう。時田は、ずっと以前から香菜里屋のことを調べ、ひそかに観察していたに違いない。屋号の由来、店の状態。そして香菜里屋の閉店を知ったとき、彼は考えた。もしかしたら香菜から、なんらかの連絡があったのではないか。だからこそ工藤は店を畳んだのだ。とすれば工藤の行くところには、必ず香菜がいる。

越名の言葉に、香月とひずるが大きくうなずいた。

「だって十年以上も前の話なのでしょう」

「そう考えると、時田の純愛、ともいえるかな」

とても理解できないと、安積が首を何度も振った。

「そういう大人の世界もあるのだよ」

「男やもめの越名さんにいわれたくない」

「キミは、どうしてそんなにも口が減らないかな」

「口が減ったら、おいしいものが食べられなくなるもん」

香月さんのカクテルも飲めなくなるし、と口を尖らせた。

そんなやり取りを見ながら、陶子は別のことを考えていた。

なぜ工藤は二種類のソースを作っていたのか、である。そのためには、かなりの労力を必要としただろう。

「香月さん……もしかしたらですが」

「冬狐堂さんも気づかれましたか」

「ええ、先ほどのお話を聞いて、なんとなく気になっていたことが」

香月が少しだけ苦い顔で、うなずいた。

3　蓮丈那智《れんじょうなち》

忙しい、忙しい、忙しい。

内藤三國《みくに》は、教務部へと急ぎながら、これからの予定を整理した。

まずはフィールドワークの経費精算。今回も大幅にオーバーしたから、どこかへ付け替えなければならない。それから、遠野で収集した迷い家《まよいが》伝説の資料整理。休講中に提出させた学生たちのレポートを下読みしつつ、自身の論文作成。どうして一日は二十四時間しかないのだろう。どうして手は二本しかない。ついでにいえば頭部も八つばかりあると、ありがたいのだが。

――そういえば、そんな神様がいたっけな。
八幡宮《はちまんぐう》で知られる神社の祭神は、古くはヤワタノカミと呼ばれていたという。謎の多い神で、一説には八つの頭部を有していたともいう。
八つの頭といえば、すぐにヤマタノオロチが思い出されるが、手がないのでは仕方がない。
――ははは、ヤワタノカミにヤマタノオロチか。
奇妙に語呂があっているじゃないか。
――はあ？　奇妙に語呂があっている。
――どちらも八つの頭部を持ち……。
これもひとつの説に過ぎないが、ヤワタノカミは製鉄の神とも呼ばれている。そし
てヤマタノオロチの正体についてはさまざまな説があるが、そのひとつが溶岩流では
なかったかというものだ。古代人にとって溶岩流は、死と破壊をもたらす怪物だっ
た。が、あらゆるものを焼き尽くし、やがて固まった溶岩は鉄分をたっぷりと含んで
いる。
いや、と三國は立ち止まった。
溶岩流から、もう少し発想を飛躍させた。溶岩流によく似たもの。

「たたら製鉄だあ！」

たたらとは古代の製鉄器具である。いわゆる溶鉱炉だ。ふいごを使って炉内を高温に保ち、砂鉄を溶かして不純物を取り除く。溶解した鉄はたたらから流れ出し、自然冷却されるのである。これを「ズク」あるいは「ナマガネ」と呼ぶ。たたらから流れるいく筋もの赤い灼熱《しゃくねつ》の帯を、古代人はどう見ただろうか。恐ろしい化け物に見立てたことは、十分に考えられるのではないか。

「ヤワタノカミとヤマタノオロチは同じものだった」

内藤の興奮《こうふん》は「どうしたのかね」という一言で、一気に沈静化した。声をかけてきたのは教務部の高杉だった。その狐目が、いっそうつりあがって見えた。

「ヤマタノオロチがどうのこうのと独り言をいっていたようだが」

「もしかしたら、すごい発見をしたかもしれないんです」

八幡様の祭神であるヤワタノカミとヤマタノオロチは同一物であり、北九州の八幡に八幡製鉄ができたのも、もちろん石炭の需要という大きな要因があるのだろうが、その近くに八幡神社の総本社である宇佐《うさ》八幡宮があることも無関係ではないのではないか。

夢中になって話す内藤の肩を、高杉がぽんぽんと叩いた。

「研究熱心なのは結構だが、君にはまずやることがあるだろう」

「……はい。経費の精算ですね」

「おおかた、今回も大幅に予算をオーバーしたのだろうね」

「そりゃあもう、うなぎ上りで」

「冗談はよさんか、冗談は！」

「だって、笑うしかないじゃありませんか」

そういって内藤は、高杉の耳元で、経費の概算を告げた。とたんに高杉の表情が、限りなく絶望に近いベクトルを指し示した。内藤の両の肩をがっちりつかみ、

「いいかね内藤君、よく聞くんだ」

といった。

よいかね、君もいつかは研究者として羽ばたく日が来るだろう。そのとき、必要にして遵守《じゅんしゅ》せねばならない知恵を授けよう。学問には確かに金がかかる。しかしね、大学には予算というものがあるんだ。そして財務省の造幣支局を併設した大学など、この世には存在しないということを。

「わかりました。肝に銘じておきます」

「その言葉、蓮丈先生にもいわせたかった」

そりゃあ、到底無理でしょう、とはいえなかった。

足早に立ち去ろうとした高杉が、なにを思ったか立ち止まり、振り返った。

「先ほどの仮説、なかなか面白そうじゃないか。もう少し突っ込んだリサーチをしてみるといいだろう」

かつては蓮丈那智と共に民俗学を学び、当時の学界の重鎮《じゆうちん》後継者と目された高杉の言葉は、決して軽くはなかった。

＊

雑務と格闘する内藤のもとに、受付から内線電話が入った。

「はい蓮丈研究室です。ええ、先生は在室中ですが。来客ですか。ええっと、時田雅夫さん……。先生ご存知ですか」

コンピュータに向かう那智に声をかけると、「お通ししろ」と、返事があった。受話器を戻し、

「ご存知なんですか。僕には初めて聞く名前ですが」

「ふふん、ついに来たか。わたしも初めて会う人物だよ」

「誰です」

「三軒茶屋の香菜里屋を知っているだろう。あの店のことをかぎまわっている胡乱《うろん》の

輩《やから》だとか」

一昨日、バー香月の主人からメールが入っていた。もしかしたら、そちらに現れるかもしれないから、よろしくと。

那智はコンピュータから一瞬たりと目を離すことなく、当然ながらキーボードの上で指先によるダンスを滞らせることなくいったが、いつものことである。

まもなく、研究室のドアをノックする音が響いた。どうぞと声をかけると、「失礼します」といって、初老の男が入ってきた。初老ではなかった。男のまとった雰囲気が、そう思わせるだけで、意外に若いのかもしれない。

「ご用件を伺います」と、言いながら那智はコンピュータの操作を止めようとはしなかった。その態度に戸惑ったのか——当然ではあるが——男は小さく、

「時田雅夫といいます、あの、実は」

「香菜里屋の件でお聞きになりたいことがあるとか」

「どうしてそれを」

と驚く様子もなく、時田はいった。

「君の予想したとおりだよ。香月君から連絡があった」

「やはり、ね。昔からあの人は苦手でした。どこか大雑把《おおざっぱ》なようで、そのくせ奇妙に

気がつくところが。じゃあ、わたしが雅蘭堂さんや宇佐見陶子さんと接触したことも」

「もちろん知っている」

「参ったな、どんなネットワークなんだ、こいつは」

「誰もが工藤君の行方を知りたがっている、そしてもし許されるなら、もう一度彼の料理を味わいたいと願っている」

「わたしも同じですよ。だからこうして皆さんを訪ね歩いているんです」

「すべての報告を受けているといったはずだが」

「なんのことですか」

「君が横浜の店でしでかした悪行について、だ」

そして今も香菜という女性に執着していることも、君がかつて外食産業の走狗《そうく》となっていたこともと那智は続けた。

その言葉は静かではあるが、少しずつ刃物の鋭さを有し始めていた。

コーヒーメーカーをセットしながら、内藤は「ミ・ク・ニ」とささやかれた気がした。蓮丈那智がその言葉をささやくとき、内藤は畏怖《いふ》と同時に蛇《へび》に睨《にら》まれた蛙《かえる》の気分、これから飲み込まれようとするにもかかわらず、甘美な死を前に立ちすくむ己を感じずにいられない。

——果たして時田は、どう感じるだろうか。

「なんのことだか、よくわかりませんね」

「優れた酒場は賢者の集まりだよ」

「あの店をつぶしたのは、工藤ですよ」

「そう仕向けたのは君だ」

工藤が用意していた二種類のソースを利用し、タンシチューに細工をしたのだ。

あるいは、と内藤は思った。

那智こそはシャーマンの流れを引く正統なる言霊使いではないのか。

那智が真実を告げるのではない。那智の発した言葉が真実になるのである。

「どんな発想をしたら、そうなるのですかねえ」

「発想ではない。当然の論理の帰着だよ」

「ではお聞きしますが、百歩譲って、わたしが工藤を陥れたとしましょう」

なぜ工藤は二種類のソースを作ったのか。もし論理の帰着を語るとするなら、工藤だって店を陥れようとしていたことになるではないか。そもそも工藤の邪《よこしま》な思いが、悲劇を呼び覚ましたと考えるべきではないのか。

「それは……」

「どうしましたか。答えられませんか」

「それは、横浜の店のオーナー兼シェフが病んでいたからだよ」

工藤は主人から「ソースの味が薄い」と叱責されている。あるいは店のホール係が、店の照明が暗いと決めつけられる姿も目撃している。

「そのとき、工藤君は気づいたはずだ。オーナーが病んでいる、と」

脳に発生した病は、時として味覚や視覚に影響を与える場合があるという。

「だが、オーナーは毎朝ソースの出来を確認している。ならば、彼の失われつつある味覚に合わせてソースを作る以外にはなかったのだ。君はそれを利用することを思いついた」

違うかな、という那智の言葉は質問ではなかった。

工藤は密かにオーナー専用のソースを作り、これもまた密かにストックしておいた。

「しかし、先生。お話を伺っていますと疑問が」

と、内藤は那智に問いかけた。

工藤が味を濃い目に仕立てたソースを作っていたことを、時田は知っていたことになる。その理由もおそらくは気づいたことだろう。

「だったら、オーナーが完全に味覚を失い、店を畳むまで待っていればいいじゃないですか。思いを寄せる女性には、もっと別のアプローチを考えるなりして」

「いいところに、目をつけた。その点がわたしにもよくわからない」

すっかり別人に表情を変えた時田が、半分泣きそうな顔で笑った。

「難しいことじゃない。誤算だったのですよ」

「君の誤算ということか」

「そうです。わたしはね、密かにオーナーが服用している薬を取り替えていたんです」

「じゃあ、主人も自分の病気のことを」

「もちろん知っていましたよ」

医者からもらう薬を、オーナーは密かにピルケースに入れて持ち歩いていた。それをただのビタミン剤と取り替えておいたのだと、時田はいった。

「それは、犯罪だろう！」と、内藤は思わず声を荒らげた。

「そうです、犯罪です。でもあの時は、あの時はそうするしかなかったんだ。外食チェーンの連中はせっつくし、なによりも」

時田の誤算は薬を入れ替えたことだった。オーナーの味覚を鈍らせていたのは脳の病ではなく、薬のほうだったのである。

「そうか、強すぎる薬で、味覚が」

その薬の服用をやめたオーナーは、急速に味覚を回復させつつあった。薬の服用をやめれば病は悪化する。そうなったとき彼はなにを考えるだろうか。

「後継者選び、か」

那智の声が磐石の重みを持って響いた。

「わたしの腕では、とても工藤や香月にかなわない。親父さんは、いつ後継者選びを言い出すかわからない状態だったんだ」

ならば工藤をつぶしてしまえ。ついでに店もつぶしてしまえば……。

時田の中に鬼が宿ったのである。

＊

時田は泣いていたよと、那智が香月にいった。

「なんだか哀れでしたねえ」

水割りをなめながら内藤はいった。

那智の前に置かれたカクテルグラスの中身は、タンカレーのマラッカジンとノイリープラットで仕上げたマティーニ。

「そうかな」

「本当に性格が歪《ゆが》んでいますね。彼の懺悔《ざんげ》を二人して聞いてあげたじゃないですか」

ひとしきり泣いたあと、時田は少し晴れ晴れとした表情で帰っていった。

「わたしはどうしても謝りたい。二人に謝りたいだけなんです。許しを乞《こ》うつもりもない、ずっと恨まれてもいいんです」

あんな台詞、なかなかいえませんよといったが、なぜか香月までもが複雑な面持ちを崩さなかった。

「人はそんなに簡単に懺悔などできないよ」

「どうして先生は、いつでもそうやって物事を歪めて考えるんですか」

「内藤さん。なんだか雅蘭堂さんのところの安積ちゃんに似てきましたよ」

と、ひずるが茶化す。

「あの時田という男、今はなにをやっているのだろう」

「宇佐見さんの話によると、事務職だとか」

「そうだね。確かに調理人の空気ではなかった」

しかも、と那智が煙草《たばこ》をくわえた。

横浜の店をつぶしたのち、外食チェーンに買収されていた時田は、かなりの好遇《こうぐう》で迎えられたのではないか。

「それが今も続いているとしたら、どうなる」

「どうなるって」

「しかも、あの男の腕はたいしてよくはなかった」と香月。

時田のいう事務職とは、外食チェーン店のリサーチ部ではないのか。それを知られたくないからこそ、名前と連絡先のみ記された名刺を持ち歩いていたとしたら。

「もうひとつ。時田は今でも香菜という女性に強い恋心を抱いている」

そして、工藤と香菜が今はもう離れがたい関係にあるとすれば、である。

「時田はどんな動きをするだろう」

「もしかしたら、歴史は繰り返されるのですか」

「大丈夫、今度は工藤君は負けないさ」

それにしても、とマティーニを飲み干して那智がいった。

香菜里屋は迷《まよ》い家《が》だったのかもしれない。山中で道に迷った旅人――猟師《りょうし》――が、ふとたどり着いた一軒の家。そこで渡された握り飯は、いつまでもなくなることがなく、またその家から拝借した椀《わん》には、米が絶えることなく溢《あふ》れたという。その話を聞きつけたほかの人間が山中を歩き回るが、迷い家は決して見つからない。

「でも先生、迷い家伝説にはまったく逆のパターンもありますよ。迷い家にたどり着いたがゆえに、不幸になったり村がなくなったりするバージョンが」

「そう。だからいうのさ。今も工藤君は、どこかで料理の腕を振るっていることだろう」

もちろんそうに決まっている。だからこそ香菜里屋の道具類をすべて処分したんじゃないか、新たに買い揃えるために。終焉《しゅうえん》はまた開始への約束でもある。そして工藤がいる場所、すなわち迷い家なのさ。心やさしきものが訪れるなら、そこは豊饒《ほうじょう》と幸福の源泉となり、

「悪しき心根《こころね》を持ったものがそこにたどり着くと」

「不幸と破滅の源泉となるに違いない」

「たぶんそこはどこかの町の路地裏で」と香月がいった。

「ぽってりとした等身大の提灯があって」とひずる。

なぜだか乾杯したい気分になった。

香菜里屋を知っていますか。

解説

大矢博子（書評家）

ああ、終わってしまった。
工藤は去ってしまった。香菜里屋は閉まってしまった。そして北森さんも。
至福の時は、至福の場所は、終わってしまった。
——いや、本当にそうだろうか？

一九九八年に刊行された『花の下にて春死なむ』を皮切りに、『桜宵』『螢坂』と続いた香菜里屋シリーズの最終巻である。
三軒茶屋の路地裏にあるビアバー「香菜里屋」は、アルコール度数の異なる四種類のビールと絶品創作料理が楽しめる、知る人ぞ知る人気店だ。人気の秘密はもうひとつある。客が持ち込んだ謎を、マスターの工藤哲也が「それこそ結び目をほどくように解決に導く」のである。ビールと謎解きに共通するのは、わずかばかりの苦味。かくして今日も香菜里屋には常連客が集《つど》う。

既刊三巻で実に美味《おい》しそうな料理の描写に口と胃袋を刺戟《しげき》され、アクロバティックにして滋味《じみ》豊かな謎解きに心と頭を刺戟された読者は、さて次の一皿はとばかりにわくわくしながら本書を開くだろう。だがそこで少し戸惑うのではないだろうか。

収録されているシリーズ五編、そのすべてが別れの物語だからだ。

第一話「ラストマティーニ」は、工藤の盟友・香月が通うバーの店仕舞いの話。第二話「プレジール」は常連客のひとりが遠方に嫁ぐことになり（それが誰かは嫁ぎ先を見たら既刊読者にはすぐ見当がつくだろうが、本文で明かされるのは最終場面なのでここには書かないでおこう）、最後の挨拶《あいさつ》にと香菜里屋を訪れる。第三話「背表紙の友」は、これまた常連が第二の人生を送るため遠方に旅立つ話だ。

常連がひとり、またひとりと三軒茶屋を離れ、そして第四話「終幕の風景」でついに工藤までもがこの地を去り、香菜里屋は畳まれることになる。それから一年後、謎の男が工藤の馴染《なじ》み客のもとを訪れ「香菜里屋を知っていますか」と聞いて回る——というのが最終話の表題作である。

もちろんそれぞれに謎と謎解きはある。正確無比な腕を誇る老バーテンダーは、なぜその夜に限ってマティーニを失敗したのか。祖母を看取《みと》った友人が、食事中に急に体調を崩す理由は何か。たまたま同席して会話がはずんだ一見《いちげん》の客の正体は。香菜里屋のメニューから評判のタンシチューが消えたのはなぜか。それぞれ、既刊に勝るとも劣らない絶妙かつドラマティックな解釈が用意され、ミステリ好きの胃袋を満足させてくれることに変わりはない。が。

やはり本書の白眉は、工藤はなぜ急に香菜里屋を閉め、三軒茶屋を出ていったのかと、そこから明らかになる彼の過去だろう。

探偵とは傍観者でありインタビュアーである。他者が抱える謎を解き、その重荷を下ろしてやる。ドラマは常に謎を提示する側にあった。だからここまで工藤自身の物語は語られてこなかった。

だが、ご記憶だろうか。第三巻『螢坂』所収の「雪待人」の中で、ある出来事の動機はその人が誰かを待っているからではないか——と工藤が推理するくだりがある。その洞察力に感心した客が工藤の友人にしてバーテンダーの香月にその話を伝えると、香月はこう答えるのだ。「そりゃあ、奴ならわかるでしょう」「あいつも待っているんですよ。ずっと昔から」と。

その話の続きは『螢坂』には登場しない。思わせぶりなまま本書に入り、そして本書でようやく、工藤が誰を待ち、なぜ香菜里屋をやっていたかが明かされるのである。さらにいえば、同じく『螢坂』所収の「孤拳」には、客たちが香菜里屋という屋号の由来について話し合う場面があるが、その解答も本書に用意されている。ああ、そうしてみると『螢坂』の段階で北森さんは、もうこのシリーズの終幕に向けて用意を始めていたのだなあ。

今年（二〇二一年）の二月から始まった本シリーズ新装版の刊行にあたり巻末解説も一新されたが、『花の下にて春死なむ』の解説を担当された瀧井朝世さんが本シリーズを「変わりゆく三軒茶屋で、変わりゆく人生を歩み続ける人たちが、ほんの一時期関わり合った、そのひとときが詰まっている」といみじくも看破されていた。その言葉通り、本書にはお馴染みのレギュラーメンバーたちがそれぞれ人生の転機を迎える様子が描かれている。この機会に、ぜひ第一巻からシリーズを読み返してみていただきたい。亡くなった俳人の影を追った飯島七緒、幼い頃の辛《つら》い体験を乗り越えた笹口ひずる、リストラを心配していた石坂修と美野里の夫婦――懐かしい、というよりはもはやお馴染みの彼らの変化や決意が、本書に登場する。人はいつまでも同じところにはいない。より良い明日をもとめて旅立つのだ。その掉尾《ちようび》を飾るのが工藤の出発である。

「終幕の風景」のラストシーンを読まれたい。えっ、と声が出てしまうような、意外な人物が登場する。その人物の登場で物語は一気に幻想味を増す。そこから続くラストシーンの素晴らしいこと。長かったおとぎ話が静かに、けれど華々しく終わりを迎えるような、まるですべてが柔らかく明るい朝の日差しの中に溶けていくかのような、荘厳さすら感じるエンディングではないか。

その後に用意された表題作で香菜里屋の由来と工藤の過去の詳細がわかるのだが、これは贅沢《ぜいたく》だ。なんせ謎の男が立ち回る先が、雅蘭堂、旗師・陶子、そして東敬大学の蓮丈那智のもとなのだから。すべて著者の他のシリーズキャラクターである。雅蘭堂の越名と安積は『孔雀狂想曲』(集英社文庫)の、陶子は『狐罠《きつねわな》』(講談社文庫→徳間文庫)に始まる冬狐堂シリーズの、蓮丈那智と内藤三國は『凶笑面』(新潮文庫)に始まる「蓮丈那智フィールドファイル」シリーズの主要人物である。越名、陶子、那智が集うのはこれが初めてではない。冬狐堂シリーズ第二巻『狐闇《きつねやみ》』は彼らに加え工藤も登場する北森オールスターズとなっている。こちらも併せてお読みいただきたい。

ところでこれらのオールスターズ勢揃《せいぞろ》いは、読者サービスだったのだろうか? いや、そうではないと思う。これは祈りだ。可能性だ。

　常連客たちはそれぞれ旅立っていった。たとえ香菜里屋がそこにあったとしても、前のようには集えない。けれど雅蘭堂は、陶子は、那智は、そこにいる。地理的な話ではない。北森鴻という世界の中に、変わらぬ場所を持っている人々なのだ。さらにいえば、それぞれのシリーズ読者にとっても彼らは常にそこにいる存在である。主人公を含め変わりゆく人々を描いたこのシリーズの最後が、確固として変わらぬ場所を持つ人々によって締《し》め括《くく》られるのである。

　香菜里屋シリーズが終わっても、工藤には訪れることのできる「変わらぬ場所」がたくさんあるということではないか。これが祈りでなくてなんだろう。

　新装版刊行にあたり、聞いた話がある。北森さんの当時の担当編集者が、生前の北森さんに香菜里屋シリーズ再開を打診していたというのだ。そして北森さんと、再開時には主役の交代が必要かもしれない、あるいは外伝的な方向がいいかも……などと話していたという。いずれにせよ先の話で、もう少し時間が経《た》ってから詰める予定だったそうだ。

　工藤は「待つ人」だった。香菜里屋は「待つための場所」だった。それが本書で明らかになった。

で、あるならば。

今度は私たちが「待つ人」になろう。「待つ場所」を作ろう。もちろん、多くの人が悲しみ、惜しんだように、北森さんはもう戻らない。本当に残念だけれど、香菜里屋シリーズの新刊を読むことはない。けれど勝手に「待つ人」になろう。香菜里屋シリーズのみならず、冬狐堂シリーズも全巻新装版で刊行されたばかりだ（実は蓮丈那智シリーズについても北森さんの興味深いエピソードを聞いたのだが、ここに書くには少々適さない。今後復刊の機会でもあれば、その折にぜひ披露させていただこう）。ページを開けば「いずれ工藤が帰ってきたかもしれない場所」がそこにある。作品が愛され続け、読まれ続けている間は、作家は決して死なないのである。

さらには、今の書店の新刊棚を見ると、美味しそうな料理と格別の謎解きを提供するミステリのシリーズが陸続と刊行されている。香菜里屋シリーズを初めて読んだとき、鮎川哲也《あゆかわてつや》の「三番館シリーズ」を思い出したものだが、こうして小説は受け継がれていく。

読まれ続ける既刊と、新たに生まれる継承作品。私たちが工藤の姿を思い浮かべる場所は、居心地のいい香菜里屋のスツールに座れる場所は、いくらでもある。

「終幕の風景」の最後の一文は、まるで北森さんから読者へのメッセージのように見える。北森さんが朝日の中で深々と頭を下げて挨拶しているかのように思える。
だから、今度は私たちが最終話の那智のパートの、この言葉を引こう。
「終焉はまた開始への約束でもある」と。

なお、本書には未完に終わった「双獣記」が収録されている。飛鳥時代を舞台にしたファンタジーで第二章までで途絶えているのが残念だが、著者には『蜻蛉《かげろう》始末』（文春文庫）、『暁の密使』（小学館文庫）、『なぜ絵版師に頼まなかったのか』（光文社文庫）、同じく未完に終わった『暁英《きょうえい》 贋説《がんせつ》・鹿鳴館《ろくめいかん》』（徳間文庫）など歴史を題材にした作品群もある。そちらにもぜひ手を伸ばしていただきたい。

双獣記

序之章

冴《さ》え冴《ざ》えと青光りする月がよく似合う、冬の夜である。張り詰めた凍気《とうき》は腕を一振りしただけで音をたてて砕《くだ》けそうだ。それでなくとも斑鳩《いかるが》の里の冬は厳しい。深い山の奥であれば、なおさらである。

「ナカジよ、もっと薪《まき》をくべてくれんか。こう寒くてはかなわん」

初老の兵士が、若い兵士に向かっていった。その声もまた、凍《い》てつくように震えている。二人の間には焚《た》き火が赤々と燃えているのだが、周囲の冷気は炎の吐き出す熱をすっぽりと覆《おお》いつくし、その効果はほとんどないといってよかった。

「……まったくです」といって、ナカジと呼ばれた若者が、新たな薪を炎へと放った。

「こんな夜は酒でも飲まんと、やっておれんぞ」

「そんなことをいっていると、上からお叱《しか》りを受けますよ」

「お前はよいさ。家に帰れば先だってもらったばかりの新妻が待っておるではないか」

おおかた、若い肉体をむさぼることでも考えているのだろう。かき抱けば、それだけで燃え滾《たぎ》るような若さに満ちた肌身を、な。

初老の兵士スクナが笑った。

二人の背後に洞窟がぽっかりと口をあけている。

スクナとナカジは、この洞窟の守《も》り人《びと》である。

洞窟に名はない。あるものは臥竜洞《がりゅうどう》と呼び、またあるものは封神窟《ふうしんくつ》と呼ぶが、正式な名はないし、ここに洞窟があることを知っているのも、わずかな人々に過ぎない。

先ほどからしきりと軽口をたたくスクナだが、手にした槍を振るうとき彼は、人懐こい笑みをはりつかせたまま鬼神と化す。

身の丈《たけ》ほどの槍を片手構えにすると、攻防一体の境界線がそこに生じる。敵は境界線の中に一歩として踏み込むことはできぬし、仮に踏み込んだなら生きてそこを離れることはかなわない。

腰に両刃の大刀を帯びたナカジの、最大の武器は脚力である。

敵と対峙《たいじ》した刹那《せつな》、ナカジは跳躍《ちようやく》する。相手の脇をすり抜ける。あるいは頭上を飛び越える。すり抜けざまに大刀を横殴りにするか、頭上を飛び越えながら敵の頸部《けいぶ》の急所を刎《は》ね切る。臓腑《ぞうふ》を撒き散らしながら死ぬものもいるし、己《おのれ》の血飛沫《ちしぶき》の吹きこぼれる音を聞きつつ死ぬものもある。

いずれにせよ、スクナとナカジは、数ある兵士の中でも最強の二人といってよい。

そして名も無き洞窟には最強の二人が守らねばならぬものが隠されている。

洞窟内に立ち入ることを許されていない二人は見たことなどないが、その内部にも、また幾重にも守りの仕掛けが施《ほどこ》されているという。入ってまもなくに石の扉――というよりは石の壁が立ちはだかっている。しかも三重仕掛けである。深い落とし穴もある。

その奥に、二重三重の鎖に守られた厨子《ずし》があり、その厨子の中に、二人が守らねばならぬものが安置されている。

「雲が……出てきたようだなあ」

笑顔のままでスクナはいうが、目の色が変わっていた。

「はあ、そのようで」と答えるナカジの目が糸のように細くなった。

なにごとかの気配を、それを気配といってよいのかよくわからぬほどの微かな「匂い」を、二人は感じ取っていた。

いつの間にかスクナは槍を片手構えに、ナカジは大刀を抜き放っている。

二人同時に闇に向かって威嚇《いかく》の気《き》を放ってみた。警告である。ここに近寄ってはならぬ、命が惜しくないならその限りではないが。

それは相手の気配を察知する、投網のようなものでもあった。放射した気を感じ取ったものは、それに無意識のうちに反応する。怒りであれ怯《おび》えであれ、反応した気によって二人は敵の位置を知ることができる。

が、反応はなかった。

「おかしいな、気のせいであったか」

「………………」

二人が緊張の糸をほどきかけたときだった。

二つの影がするりと音もなく抜けていった。

しかし、そのことをスクナもナカジも認識することはできなかった。

影の存在を一瞬も感じることなく、ナカジの頸部からその上の部分が転がり落ちていた。

スクナはといえば、胸部をこぶし大に貫かれて瞬間的に息絶えた。

血なまぐさい闇の中で、

「おい、吉路《きじ》よ」

と、ひどく甲高い男の声が響いた。

「おう、佐流《さる》よ」

応えた声は低くかすれていたが、明らかに女のものだった。

第一章　魔仏《まぶつ》之章

（一）

鞍作《くらつくりの》那由多《なゆた》の朝は早い。春でも夏でも秋でも冬でも日が昇る前に床《とこ》をはらわねばならなかった。師匠である鞍作止利《とり》よりも、遅く目覚めることなどできないからだ。

今年十四歳になる那由多に両親はない。野辺に捨てられていた赤子の那由多を拾い上げてくれたのは、近在の農夫であった。以来その家で育てられていたが、仮の両親は三年前にはやり病で身罷《みまか》った。天涯孤独の身となった少年は、もっぱら盗み、かっぱらいで日々の糧《かて》を得ていたが、ある事件をきっかけに鞍作部《くらつくりべ》の頭領である止利の元に預けられ、今に至る。

鞍作部とは、そもそもはその名の示すとおり鞍などの馬具を作る渡来一族なのだが、止利は別名を止利仏師《とりぶっし》とも呼ばれるように、造仏および彫刻などの工芸を得意とする人物である。

切れ長の目、すっと通った鼻筋、男にしては赤い唇といった端正な顔立ちで、女の貴人にもてはやされることも多いらしいが、唯一の難点は、彼が作る仏像のようにいつも薄く笑みを浮かべたまま、その表情が変わらないことだ。男の貴人たちが「なにを考えているか、まるでわからない」と陰でささやくゆえんである。

那由多は身の丈ほどもある大きな銅造りの鉈《なた》を振り上げ、樫《かし》の木を叩き割った。炭焼き小屋に運ぶためだ。造仏は大量の炭を必要とする。それを作るのが、目下の那由多の務めであった。幾度も鉈を振り上げ、振り下ろししているうちに、体中から汗が吹き出るのを感じた。その感覚が那由多は好きだった。

あれはまだ野良犬だった頃のことだ。冬は恨めしくも恐ろしい季節でしかなかった。盗みやかっぱらいの日々は、同時に恐ろしい空腹の日々でもあった。腹が減ると体が冷える。冷えた身体に斑鳩の風はあまりに凶暴だった。それは容易に己の死を予感させてくれた。実際に死にかけたことも一度や二度ではなかった。

それがどうだ。今は雨露を気にすることなく眠ることができる。熱い粥《かゆ》を腹いっぱい食することもできる。

――こうして師の元にいて、己に与えられた仕事をこなしてさえいれば。

額に浮かんだ玉の汗を、手の甲で拭ったとき、

「おはよう、那由多。精が出るね」

と背後で声がした。

「ああ、おはようございます、止利師」

草色の衣をまとった止利に、那由多は大きく一礼した。

「今朝は一段と冷えるようだな」

「庭の池に張った氷が、ずいぶんと厚いようで」

「寒ければ寒いほうがよい。今日は仏に鍍金《ときん》を施さねばならぬ」

「鍍金……ですか」

止利の言葉を聞いて、那由多は背骨がきゅっと絞られた気がした。

鍍金とは、辰砂《しんしゃ》から抽出《ちゅうしゅつ》した水銀で純金を溶かし、これを仏像に塗りつける作業だ。そこに熱した鏝《こて》を当ててやると水銀のみが蒸発して、あとに薄い純金の皮膜が残る。鞍作部にのみ伝わる秘法中の秘法である。

鍍金を施す間、仕事場には止利以外の誰も入ってはならぬ掟《おきて》である。秘法を守るためであったが、それればかりではないことを、那由多は止利から聞かされている。秘法は同時に人の命を奪いかねない一面を有していた。なんでも蒸発した水銀を吸い込む

と、体の中が焼け爛《ただ》れるのだそうだ。多くの鞍作たちが、この秘法によって命を落としたのだという。

「炭の準備はできているかね」

「仕事場にたっぷりと用意しておきました」

「うむ。ならば早めに切り上げて朝餉《あさげ》にしようではないか」

那由多は突然えさを与えられた野良犬の気分になって、「はい」と答えていた。

厩戸皇子《うまやどのみこ》のおわす斑鳩宮《いかるがのみや》は飛鳥宮《あすか》より乾《いぬい》（北西）の方角に遠く離れた地にある。なぜ皇子はそのような不便な場所に宮を興されたのか、誰も知らない。豊御食炊屋姫《とよみけかしきやひめ》（推古帝）の摂政《せっしょう》である限り、なるべくなら飛鳥宮に近い場所に居を構えるべきではないのか、との声は今も根強い。

一方で、皇子の乗った白い馬が飛鳥宮に向かって青い空を駆けていったとの噂もある。

皇子が建立《こんりゅう》した斑鳩寺《でら》では、日々法要《ほうよう》が行われていた。集まるのは貴人や官人《かんじん》ばかりではなかった。近在の農民なども集められる。もちろん、日は違《たが》えるのだが。

この日、那由多は、師の命を受けて、この寺を訪れていた。

修業中とはいえ仏師の端くれとして、仏法の道筋を知らねばならぬ。お前もそろそろ地味な炭作りだけでなく、仏法への目を開かねばなるまい。

太子殿《たいしでん》と名づけられた木造りの建物の周囲を、兵士たちがねずみ一匹這い出る隙間《すきま》もないほどに取り囲んでいた。たぶん、物部《もののべ》の残党《ざんとう》を危惧《きぐ》してのことだろうと、那由多は思った。

今から十五年ほど前のことだから、もちろん那由多はまだ生まれていない。この国を二分する大きな戦があったそうだ。その火種となったのが、ほかならぬ仏法である。

百済《くだら》よりもたらされた仏法は、たちまちこの国に馴染《なじ》み、大王《おおきみ》を始めとして多くの貴人官人がこれを信じるようになった。その中心にいたのが蘇我馬子《そがのうまこ》である。それを良しとせず、日本には日本の神（国津神《くにつかみ》）がおわすのだから、これを信じるべしと主張したのが物部守屋《もののべのもりや》である。両者一歩も譲ることなく、ついには戦となった。

――今の吾《われ》と同い年かあ。

弱冠十四歳、であった厩戸皇子は、頭上に四天王を頂き参戦。物部軍を見事に破って、今にいたる。確かに蘇我軍の勝利は仏法の勝利でもあったのだが、めでたいばかりではなかった。物部軍についた兵士は戦ののちに良民の資格を奪われ、多くが奴婢《ぬひ》と化した。兵士の妻や娘の中には、身を売ることでしか生きていけなくなったものが数多くいるという。その恨みは十五年の歳月を経てなお、消えることはない。彼らがなによりも恨み、憎悪したのは蘇我一族であり、厩戸皇子であり、仏法そのものであった。

いつなんどき物部の残党が寺を襲うやも知れない。そのための厳しすぎる警備なのだろう。

だが那由多は、鞍作止利の名を出したせいか、なんの質疑を受けることもなく通過を許された。

殿内で法要はすでに始まっていた。内は薄暗いというよりは限りなく闇に近い。集まっているのは三十名ばかりの農民の男女である。老いもいる。若きもいる。いくつもの声が重ねる経の唱和に向かって、一心に手を合わせている。

前方に白っぽい幡《はた》のようなものが掛かっているのが奇妙に目に映《うつ》った。

その前に五人の僧が並んで座り、経を読んでいる。中央にいる僧を、那由多は知っていた。名を鳩摩螺《くまら》といい、高句麗《こうくり》よりの渡来僧だ。その異様ないでたちを、止利の使いで訪れた斑鳩宮で見かけたことがあった。きれいに剃《そ》り上げた頭部はどうでもいいが、その下に被った鼻から額際《ひたいぎわ》まで覆《おお》った半面を見たとき、口からなにかが飛び出すのではないかと思ったことを、今でも覚えている。仏でもなし、鬼でもなし、獣でもない異様な半面であった。半面に覆われていない顔の下半分の鼻の下からは、白いひげが唇を避けるように顎《あご》まで伸びている。

時に大音声《だいおんじょう》で、時にささやくような経の唱和が殿内に響く。

音のうねりに身を任せながら、人々は一心に祈る。

この世は断じて極楽ではなく、衆生《しゅじょう》は苦しみの大河に身を沈めている。いつだってそうなのだ。農民の中にも力あるもの、財あるものがいないわけではない。けれど多くの農民はいつも苦しみを味わっている。貧困にあえぎ飢えに怯えて生きている。日照りの時には天を仰いで雨乞いし、大地が大きく揺れたときには、はいつくばって祈りをささげる。

吾らを救いたもうものならば、国津神であろうと仏であろうとかまいはしない。

一心に祈る姿は、そうした苦難の表れなのだろうか。

殿内に、奇妙な匂いの香が焚きこめられていた。花の匂いに似ていなくもないが、もっと禍々《まがまが》しいなにかが混じっているようだった。

そのときになって、那由多はようやく異変に気づいた。

人々の目つきがおかしい。一心に、というよりは、なにかにとり憑《つ》かれた姿に見える。

読経がいっそう大きくなった。

一人の若い女がすっくと立ち上がった。あっと思うまもなく、女は衣を脱ぎ去り全裸となった。淡い灯明の光に、女の白い裸身がまぶしく見えた。

相当に異常な事態であるはずなのに、それを驚くこともなく直視している己に那由多は驚いた。頭の奥がしんと痺《しび》れているような気がする。

女が鳩摩螺に向かって歩き出した。そして向かい合う形で、鳩摩螺の膝《ひざ》の上に腰をおろした。とたんに女の唇から深いため息が漏れ出した。顔が歪《ゆが》んでいるのは苦痛のためではないらしい。それが証拠に、明らかな快楽の声が断続的に響いている。

経験こそないが、いったい何事が起きているのか、那由多は知っていた。

男の飛び出た部分で女の欠けたる部分を補っているのだ。

――交わっているんだ、二人は。

盗みに入った家で、幾度か目撃したことがあった。女の上にのしかかった男が、しきりと腰を振っている。その動きに合わせて女が快楽の声を上げる。よほどに気持ちのよいことらしいし、根《こん》をつめることらしい。やがて男も女も大きな声を上げて、死んだように眠り始めた。あたりにひどく生臭い匂いが充満していたのを覚えている。

――同じ匂いが、この場所にも満ちている。

むせ返るような香の匂いと淫靡《いんび》そのものの臭気。那由多は意識が薄くなるのを感じた。

鳩摩螺の膝に座った女の動きと声が、いっそう大きくなった。

その声が幾重にも重なって耳から頭の中へと進入する。

目に見えるものが大きく歪んでいた。ますます読経が大音声になる。

女が獣の叫びを上げた瞬間、この世のものとも思えぬ奇跡が起きた。

無地であったはずの幡のようなものに、御仏《みほとけ》の姿が現れたのである。

くっきりと映ったそのお姿を見た瞬間、那由多はその場にひれ伏した。那由多ばかりではなかった。殿内にいるすべてのもの――僧以外の――がひれ伏し、大きな声で泣き出すものまでいた。

異変が再び起こった。

御仏のお姿が霧散し、代わりにむさくるしい男の顔が現れた。ひげ面の兵士である。先ほど、その横を通り抜けてこの場にやってきたのだから、間違いない。兵士の顔が、決して快楽ではありえない形に歪んでいる。なにかを叫んでいるようでもあった。

「これは！」

鳩摩螺ではない、僧の一人が叫びつつ立ち上がった。

殿の裏だ。裏に回れ。

別の僧が叫んだ。

鳩摩螺以外の僧が走り出す。足元のふらつきをこらえて、那由多もそれに従った。

太子殿の裏手は、その表とちがって、ひどくそっけない風景であった。そっけないことは確かだが、それ以上に奇妙なものがあった。名も知らぬ木が一本植わっている。その太い枝に逆さ吊りされているのは、先ほどの御仏だった。そのすぐ下に男が倒れている。ひげ面の兵士であった。


寺の伽藍《がらん》が夕日を浴びて濃い影となりつつある。

陽が落ちる前に止利の工房へ帰るべく、那由多は帰り道を急いでいた。どこか遠くで草笛の音が響いている。

その目の前にぬうと巨大な影が現れた。人ではない。馬である。それも並の大きさではなかった。通常の馬に比べても、その馬体はゆうにふた回りはあるのではないか。夕闇にも馬が漆黒《しっこく》の毛並みを持ち、そして紫の瞳を輝かせているのがわかった。

「やはり……あなただったのですね。蝦夷殿《えみし》」

「なんかあったん？」

「またとぼけちゃって。斑鳩寺で、いたずらを仕掛けたでしょう」

「さあて、なーんも知らんわ」

馬上で草笛を吹く男の姿が、また異形《いぎょう》だった。肩まで届く黒髪を無造作に頭の後ろでまとめ、額《ひたい》には石造りの輪を四つばかり革ひもでつないで装着している。真冬だというのに寒くないのか、袖なしの皮衣《かわごろも》を着込んでいる。腰の部分に、やはり石の輪をいくつもつないで作った帯を三重に巻きつけている。

蘇我《そがの》蝦夷。大臣《おおおみ》・蘇我馬子《うまこ》のせがれである。放蕩《ほうとう》が過ぎて勘当《かんどう》されかけているとも聞くが、真偽のほどは定かではない。

他でもない。那由多を止利の弟子にしてくれたのは蝦夷であった。盗みとかっぱらいで日々の糧を得ていた野良犬は、あろうことか大臣のせがれの懐を狙《ねら》ったのである。

——もっとも。

と那由多はその日のことを今も時折思い出す。

どう見ても高い位にある人物のせがれに見えなかったし、貴人にも見えなかった。

昼間から濁酒《にごりざけ》にでも酔いつぶれたのか、飛鳥川《あすかがわ》のほとりで昼寝をしているろくでなしにしか見えなかった。ろくでなしでも、酔いつぶれるほど濁酒を飲めるのだから、さぞや腰の革袋には金銀が詰まっていることだろう。そう信じて近づき、手を伸ばしたところをあっさりと捕まってしまった。

どうしてこんなところにいる。父母はどうした。どこに住んでいる。

そんなことを矢継ぎ早に尋ねられ、なぜか素直に応えると、蝦夷は大粒の涙をこぼし始めた。そして有無をいわさず止利の工房へとつれてゆき、渋る止利にねじ込んで、弟子入りさせたのである。

そのときも傍らには巨馬がいた。名を羅厳《らごん》という。そのことを知ったのは、止利の弟子になってからのことだ。

「そうですね、なんといっても蝦夷殿は有名人だ。顔が知れすぎていますから」

そうなると直接手を下したのは、といいかけたとき、羅厳の影がゆらりと揺れた。

「やっぱりそうだ」

いつの間にか羅厳の背後に少女が立っていた。やはり袖なしの皮衣を着て、手には腕と同じ長さの樫の棒を持っている。凄《すさ》まじいのは、少女の左目を縦になぞるような傷跡だ。十分すぎる野性味に、凄《すご》みが加わっている。

「……牙童女《がどうじょ》さんだったのですね」

「ふふふ。どこぞの馬鹿が喧嘩を吹っかけてこいといったのでナ」

「喧嘩？　喧嘩とはなんのことですか」

「ちょっとなあ……気に入らんことがあったんや。三日ばかり前のことやけど」

「気に入らないことって」

「那由多は知らんほうがよろし。大人と大人の諸事情ちゅうもんがあんねん」

「また、わけのわからないことを」

それはともかく、あの鳩摩螺という高句麗僧の法力《ほうりき》はすごかったと告げると、蝦夷が鼻で笑った。

「なあ、牙童女、どうであったよ」

「あんなものは子供だましに過ぎぬ」

「だって牙童女さん。なにも書いていない幡のようなものに、いきなり御仏のお姿が出現したのですよ。まさに法力じゃありませんか」

「那由多も見たであろう。裏庭に逆さづりにされた仏像を」

「あれだけはいただけない。なんと罰当たりな」

「あれがすべてよ」

こんなものを見たことはないか。部屋の壁に表の風景が映し出されたものだ。あれはな、部屋の木戸の節穴から外の風景が飛び込んできたのだ。どうしてそうなるかは知らぬが、とにかく外の風景が部屋の中の壁に映し出される。それを、鳩摩螺とかいう高句麗僧は利用したのだ。

「とんだ法力僧だ」と蝦夷がはき捨てた、そのときだ。

最後の残照を受けた木立から、

「やはりあなたでしたか。まったく、余計なことをしてくれる」

優美な趣《おもむ》き、怒りをにじませた声が響いた。思わず背筋に寒いものが走りそうなほどの美声である。耳許で、その声で名前をささやかれただけで、気が遠くなりそうだと、那由多は思った。そんな声の持ち主は、大和《やまと》広しといえども一人しかいない。

「……厩戸《うまやどのみこ》皇子。なんや来てたんかいな」

木立から白馬が現れた。馬上にいかにも貴人らしい男がいる。

「待っていたくせに。せっかくだから出向いてきましたよ」

「悪かったなあ。せっかくのお遊び、台無しにしてしもて」

「まあよい。どうせ連中は今日の出来事など覚えてはいない」

「魔塵香《まじんこう》を使《つこ》たな。あれはまずい、いうてるやろ」

「知りませんね。勝手に人があれに酔いしれるのです」

どうやら殿内に焚きこめられた香のことを、いっているらしい。それも人を惑わせる危険な香であったようだ。

それまでにやついていた蝦夷の顔つきが、不意に変わった。

見開いた目の奥に、人をして震撼《しんかん》させずにはおかない凄愴《せいそう》の光を見た。

「三日前のあれ、あんたやな」

「さあ、なんのことでしょう」

「とぼけなや。あの場所は吾らにとっては禁断の聖地。なんで荒らした」

「約束、ですかね。しいていうならば」

「なにを抜かしとんねん。あの場所の封印を解くことは、大王にかて許されてへんことくらい」

「もちろん、摂政であるわたしが知らぬはずがない。けれど」

厩戸皇子が口元に凄みのある笑みを浮かべていった。

封印とは、いつか解き放たれるまでの約束に過ぎません。そして約束のときが刻一刻と近づいている。

「せやから、二人の兵士を殺したいうんかい」

「殺さねば、中に入れませんからね」

「ナカジは嫁さんもろたばっかりやど」

蝦夷が馬上から飛び降りた。

腰の帯をゆっくりとはずす。

その一方を引くと、乾いた音とともに帯は石の杖と化した。それを両の手に構えた。

「面白いものを持ち歩いている」

厩戸皇子が唇を曲げると同時に、樹上から三つの影が舞い降りた。

一人は小柄な男。一人は妖艶な女。そしてもう一人は巌《いわお》かと見まがいそうな巨体の醜い男であった。

「皇子には三匹の鬼神が仕えておるちゅう噂、あれはホンマやったようやな」

小柄な男が腰を落とし静かに身構えた。

女が蝶《ちょう》に似た優美さで両腕を開いた。

巨体の男は腕を組んだまま微動だにしない。

「那由多、お前は行け。羅厳《らごん》、頼んだで」

人語を理解したのか、羅厳が那由多の襟《えり》をくわえて背中へと放り投げた。

「蝦夷殿！」

「行かせはせぬ」

と初めて言葉を発したのは巨体の男だった。

巨体に似合わないすばやい動きで、男は羅厳に飛びかかった。

蝦夷と牙童女が一歩も動けなかったのは、残った二人から発せられる殺気があまりにも凄まじかったからだ。動けば殺気は、たちまち実体化した牙《きば》となって襲いかかるだろう。それは予測でも予感でもない、事実だった。

羅厳が前脚を振り上げて巨体の男を威嚇した。が、男は動揺することなく羅厳の首を抱きしめた。那由多は漆黒のたてがみにしがみつき、ようやく振り落とされるのを防ぐばかりで、声もない。

「安心しや、那由多。羅厳はそれくらいのことではやられへんわ」

蝦夷の言葉が合図となって、戦闘は始まった。小柄な男が跳躍《ちようやく》したのである。瞬息の蹴りが蝦夷の頭部を襲った。それをようやくかわすと、今度は跳躍に使用した右足が横殴りに襲いかかった。これを石の棍《こん》で払う。男が蝦夷の背後に降り立つのと、蝦夷が振り返るのがほぼ同時だった。男の右肘《ひじ》が蝦夷のこめかみに向かって放たれる。かわす。そして石の棍を横に払った。

牙童女もまた戦闘を開始していた。

女が両手を握り締め、そして拳《こぶし》を解放した。左右それぞれの指に鉄の爪が装着されている。緩慢とも思える動きで、女の右の指が牙童女の左首筋から胸元に向かって振り下ろされた。牙童女は後ろに飛んでこれをかわしたが、皮衣の胸元が大きく引き裂かれていた。

小ぶりな乳房がこぼれ出た。

「たいしたもんだ、わたしの爪をかわすとは」

低くかすれた声で女がいった。

再び右の爪が、今度は頭頂から臍《へそ》に向かって振り下ろされる。その動きは決して速くはないのに、なぜか避けることができない。

牙童女は、手にした樫の棍で、これを防ごうとした。

女の顔に凄絶な笑みが浮かんだ。そんなものでこの爪が避けられるものか。棍ごと切り裂いてやるよ。笑みがそういっている。

だが、爪が棍に食い込むかと思われた刹那、女の顔から笑みが消えた。

「馬鹿な！」

爪は棍に傷をつけることさえできなかったのである。後ろに飛んだ女が、憎悪をたぎらせた目つきで牙童女を睨《にら》んだ。その視線にいささかも動じることなく、牙童女は棍の中央をゆっくりとひねった。棍の先から黒光りする七寸ほどの石刃が現れる。

「……石刃とは……お前まさか」

女は言葉を続けることができなかった。跳躍した牙童女が頭上から石刃を振り下ろしたのである。それを横飛びに避けることが精一杯であった。

蝦夷も攻撃に転じていた。

横に払った棍はいとも簡単に避けられたが、同時に蝦夷は棍をつなぐ革ひもを緩めていたのである。石の棍は一瞬にして帯、というよりは石の鞭《むち》となっていた。一撃を受けただけでも悶絶《もんぜつ》しそうな石の鞭が、男に襲いかかる。

「おっ」と、声を上げた男のわき腹に鞭の先が食い込んだ。だが、男と同じ声を上げたのは蝦夷であった。確かな手ごたえがあったはずなのに、男はひるむことなく、新たな攻撃を仕掛けてきたからだ。

「なにか、着込んでるようやな」

蝦夷の問いに、男は薄く笑って答えた。

「皮衣をまとっているのは、汝らばかりではないぞ」

「腹帯か！」

蝦夷の口内から歯軋《はぎし》りの音が漏《も》れた。

巨体の男は、羅厳の首を締め上げていた。人間ならば背骨ごと、いとも簡単に砕けるほどの力であった。二度、三度と羅厳は男の腹を蹴り上げ抵抗するのだが、男の力はいささかも衰えることがなかった。恐ろしいほどに鍛え上げられた肉の鎧《よろい》を身にまとっているらしい。馬上の那由多は声もなく、羅厳のたてがみにしがみつくばかりだった。

羅厳の紫の瞳が、かっと見開かれた。

首の骨を粉砕されたのではない。

大きく口を開き、男の頭部に嚙《か》み付いたのだ。苦し紛れの攻撃ではない。一撃必殺の技である。男の力が勝るか、それとも男の頭部を嚙み砕くか。初めて男の口から
「ぐうっ」といううめき声があがった。

三者三様の膠着《こうちゃく》状態となった。

それを解いたのは、意外にも厩戸皇子の、

「今日はそれくらいにしておきましょう」

という一言だった。

皇子に仕える三人の鬼神が、さっと身を引く。それは蝦夷たちも同じだった。

「なかなかに楽しい見世物でした」

馬首をめぐらし立ち去ろうとする厩戸皇子に向かって、蝦夷は叫んだ。

「待たんかい。おのれはあれを解放してなにを企んでるんや」

「それは……いずれわかることです。やあ、楽しみですねえ、この地になにが起きるのか」

あなたもそうでしょうと、蝦夷を振り返ることもなく、厩戸皇子は木立に消えた。

その姿同様、三人の鬼神たちもいつの間にかその場から消えていた。

（二）

早朝である。遠く二上山《ふたかみやま》の半分ほどを朝霧が覆っていた。大和《やまと》川の河原は冷気がしんと張り詰めて、頬《ほお》に薄い刃物でも突きつけられたようだ。

鞍作《くらつくりの》那由《な　ゆ》多《た》が大きく背伸びし、肺腑《はいふ》一杯に冷気を吸い込んだちょうどそのとき、大気も砕けよといわんばかりの裂帛《れっぱく》のいななきが、河原に響き渡った。どうやらいなきだけではないようだった。まさしく帛《きぬ》を引き裂く悲鳴が入り混じっている。

しかも男の声であった。

「あ〜れ〜、助けて、助けて、助けて、止めて、やめて、あ〜れ〜!!!!」

群生する葦《あし》をかきわけ、というよりは蹴散《けち》らしながら一頭の巨馬が飛び出した。紫の瞳が怒りに燃え、鼻からは白く凍った息が二本の柱となって噴出している。

「羅巌《らごん》！……で、あの、なんで」

羅巌の首に男がしがみついていた。決して乗馬などという生易しい姿ではなかった。すでに羅巌の背中からからだのおおかたがずり落ち、羅巌の首になんとかしがみついている。

漆黒《しっこく》の巨馬はそのまま向こうの藪《やぶ》へと突っ込んでゆく。那由多はその姿をただ見送るしかなかった。

いったんは遠ざかったひづめの音と悲鳴とが、やがてまた近づいてきた。

「落ちる、落ちる、誰か止めてんか〜」

先程とは違う藪から出現した羅巌は、また別の藪へと消えた。その繰り返しが数度続いたのち、羅巌は男の首根っこをくわえた姿で現れ男を放りだし、前脚を天に突き上げるように大きくいなないた。当然の如《ごと》く、男は不本意ながらも地面に突っ伏すこととなった。

「どうしたんですか、いったい」

「昨夜から暴れて手が付けられんのや」

身体に張りついた葦の小枝、木屑《きくず》、泥の塊を払いながら蝦夷《えみし》が答える。

「なんでまた」

「よほど気に食わんかったらしい」

「例の大男ですか」

那由多は昨日のことを思い出して、背中を震わせた。

羅厳の首を抱きかかえ、そのまま骨を砕こうとした男である。厩戸皇子《うまやどのみこ》に仕える悪しき鬼神の一人で、威怒《いぬ》と呼ばれていたはずだ。その凄まじき憤怒の形相は、しばらく夢に出てきそうなほどだ。

「あの化け物をぶち殺せんかったことが、よほど腹に据えかねとるらしいわ」

威怒の絞め技に対抗した羅厳は、その頭部を嚙《か》み砕こうとしたのだが、どうやらの男の全身は巌《いわお》のように鍛えられていたらしい。羅厳の強靭《きょうじん》な顎《あご》の力を以てしても、その頭部を嚙み砕くことはかなわなかった。

「それが気に入らないと」

「今朝から暴れまくり。一晩眠ったことで、余計に腹が立ったんちゃうやろか」

「普通は逆なんですけどねえ」

「なにせ、こいつの種族はアレやから」

「根っからの喧嘩好き、ですか」

それにしても、と那由多は思った。

厩戸皇子。飛鳥《あすか》にあって豊御食炊屋姫《とよみけかしきやひめ》（推古帝）の摂政《せっしょう》を務《つと》める。その性謎多く、数々の伝説を生きながらにして持つ。ある人曰《いわ》く、まれなる貴人と。また賢人。なれど、その名を口にすることさえはばかり、密かに魔人と呼ぶものもいる。それを陰で支えているのが、あの三人の鬼神なのだろうか。

「なにものでしょうかねえ」

「三匹の鬼どもかえ」

「凄まじい技を持っているようです」

「佐流《さる》、吉路《きじ》、威怒とかいうておったな。ふざけた名前やで」

「どこがです」

自らの名前に獣の名称を与えることはさほど珍しいことではない。飛鳥には宮中にさえも虫麻呂もいるし、魚足《うおたり》もいる。ならば威怒も吉路も佐流もあってしかるべし、であろう。

「遣隋使の一人が教えてくれよった。かの国にはこんな教えがあるそうな」

すなわち、四方に道あり。あるいは八方に道あり。その方角によって吉凶を示すことができるとか。鬼来る方角、これ東と北の半ばなり。別名を鬼門というべし。鬼門より来たりし鬼ども、蹴散らすにはすなわち裏鬼門を用いるべし。これ、戌《いぬ》、申《さる》、酉《とり》の方角なり。

「わかるか」

「確かに相当ふざけていますね」

蝦夷はこういっている。

本来ならば鬼門からやってくる鬼を封じるべく働くはずの吉方の名を、鬼そのものが名のっている。これをふざけているといわずして、なんという。

「あるいは倭人《わじん》やないやもしれんなあ」

「すると、海の向こうの高句麗《こうくり》からやってきた、ということですか」

「厩戸皇子はなあ、そちらにも独自のってを持っているそうや」

クソ親父《おやじ》から聞いたことがあると、蝦夷はつぶやいた。

クソ親父とはいうまでもない。大臣・蘇我馬子《そがのうまこ》である。

「ますます胡乱《うろん》なお人なのですねえ」

「だいたい、あいつの考えとることが、まるでわからん」

なんであんなものを、今になって、と蝦夷がつぶやくのを那由多は聞き逃さなかった。「ところで蝦夷殿、それが気になって仕方がなかったんですがね」

「聞かんほうがええ、というたやろ」

「でも……」

那由多は見た。蝦夷の表情がいつになく硬く、暗い影を宿しているのを。

そのとき、どこからか「教えたほうがよいのではないか」という声が届いた。

いつからそこにいたのか、蝦夷の背後に立つ影があった。

「牙童女《がどうじょ》さん！」

袖なしの皮衣《かわごろも》を身にまとった少女が、宙に身を翻《ひるがえ》して、トンと着地した。

「すでに那由多は此度のことに巻き込まれておる。事情を知っておいたほうがよくはないのか」

「そうはいうがな、牙童女。これればかりは」

ためらう蝦夷を制止するように、牙童女が口を開いた。

知っているであろう。今の朝廷の礎《いしずえ》を築いたのは、そもそも倭人ではない。遠く大陸からやってきた部族が、倭人の国を征服して打ちたてたものなのだ。彼らは馬を巧みに扱うことから騎馬の一族と呼ばれ、それまでろくな争いのなかった倭人を瞬く間に制圧してしまった。やがて彼らは多くの倭人と交わり、その子らがまた交わりあって、今の倭国となったのである。

「そんな話を、聞いたことがありますが」

「やがて倭国はひとつとなり、倭人もまたひとつとなった」

「けれど、それがどうしたのですか」

「彼らはまた、多くの武器を持っていたが、ひとつとなった倭国にそのような武器は必要なくなったのだ」

武器は同時に、侵略者である彼らの証明でもある。そこで騎馬の一族の流れを色濃く引くものたちは、これをすべて封印してしまった。

「騎馬の一族の武器！」

「そのひとつが、飛鳥の山の奥深くに封印されていたのだ」

「じゃあ、厩戸皇子はそれを解放したのですか」

「ただし、それがなんであるかは、わたしも知らぬのだがな」

苦虫を嚙み潰したような面つきの蝦夷が、

「馬仏、いや、魔仏というべきものや」

「なんですか、それは」

「その名の通り、仏像やが……」

羅厳が突然いなないた。が、先ほどまでの怒気を迸らせるがごとき鳴き声ではなかった。待ちわびていたものの訪れを歓喜する雄たけびを思わせた。牙童女もまた、同じ響きの声を上げた。

「来たか」といったのは、蝦夷であった。

「おばば様！　それに皆も」

葦の藪を掻《か》き分けるように現れたのは、薄紅色の麻《あさ》の衣を身にまとった老女と、数人の髭面《ひげづら》の男たちであった。男たちは、老女を守っているかに見えた。さらに一匹。白い犬が一行に従っている。犬は馬を嫌い、馬もまた犬を嫌うといわれているのに、二匹は対峙《たいじ》したまま、身動きひとつしようとはしなかった。

「久しぶりやナ、おばば殿」

「蝦夷殿もご健勝のご様子、なによりでござりまする」

その声音に、那由多は違和感を覚えた。しわがれた老婆の声なのだが、どこかがちがう。それにしてもこの連中、いったいどのような素性《すじょう》の人々なのか。どこか、厩戸皇子の三鬼神に似ていなくもない。

——牙童女さんとは旧知の間柄らしいが……。

「お呼びにより、参上仕《つかまつ》りました」

「すまなんだ。だがことは急を要するやよってな」

「例の御仁《ごじん》で、ござりまするな」

「どうもようないことが起こりそうな予感がする。いや、もう起きてるんや」

ことは急ぐ、と蝦夷がもう一度言葉を重ねた。

那由多は、牙童女の腕を小さくつつき、「誰ですか、いったい」と尋ねてみた。

牙童女の唇が一言、

「石塊《いしくれ》の民《たみ》……だ」

とだけいった。


それは奇妙な宴《うたげ》だった。ひとつの鍋を囲み、酒を酌《く》み交わす人々はみな饒舌《じょうぜつ》で、時には哄笑《こうしょう》もあがる。なのにどこか静謐《せいひつ》で、物悲しくもあった。

「うまいか、那由多」

木椀に盛られているのは、ごった煮である。獣肉、干し魚、米、山菜などが、ひとつの鍋でくたくたに煮られ、それぞれの形さえよくわからなくなっている。なれど口にふくむと、なんともいえずうまかった。旨《うま》みが口蓋《こうがい》にべったりと張り付くようだ。

ぴりりとした辛味が、あとを引く。

「なんですか、この鍋は」

「魚の内臓を塩蔵してな、それを混ぜておるのだ」

と、男の一人がいった。われわれは常にこれを持ち歩いておる。流浪の先々で手に入れた食い物を食するに、これに勝るものなしと、別の男がつけくわえた。干し魚にこれをまぶしておくと、いつまでも腐らぬと、また別の男がいった。

言葉から察するに、彼らは生涯を流浪の中に生きる一族のようだ。

那由多は椀の中身を平らげ、お代わりをして、今度は別の木椀に注いだ白酒を口に運んだ。

「お前、餓鬼のくせして、よう飲むなあ」

「育ちが育ちですからねえ。酒くらいはへっちゃらです」

事実だった。住む家を持たず、野良犬暮らしをしていた時分は、よく酒をかっぱらったものだった。特に冬の野宿に酒は欠かすべからざるものだった。体が温まって寒さをしのぐことができるからだ。いつだったか酒の相手をした折、そのことを話すと、蝦夷はあきれたように、よく凍え死にをしなかったものだといった。が、那由多は知っていた。腹に食い物がある限り、人は凍え死にはしない。その前に必ず目が覚める、と。そんな暮らしが長く続くうちに、那由多にとって酒はなくてはならない友となった。ただし師匠の止利《とり》の前では、それは許されない。鞍作匠《たくみ》たるもの常に身を清くしていなければならぬ。たまには一献……などと思っていると、なぜかそれを察したように蝦夷は現れ、那由多に酒の相手をさせるのだった。

「ところで蝦夷殿」

と、おばばがいった。

「吉備国《きびこく》に散らせた耳から、奇妙な話が届いておりまする」

うむといって、蝦夷は白酒を口に運んだ。

「吉備国というと……まさか温羅《おんら》に関することやないやろな」

「よくないことに」

「ほんまか、そりゃあ」

那由多は、急速に酔いが回るのを感じた。

どうやら石塊の民たちが醸《かも》す酒は、普通のものより濃いようだ。

――吉備国？　温羅？　なんですかそれは。

目が回る。天井《てんじょう》が回る、この世のすべてが回る。蝦夷もおばばもいつの間に二人に増えてしまったのだろう。おや、牙童女さんは四人もいるじゃないか。ええっと、立ち上がってちょっと小便にいかなきゃナ。

そこで記憶が途切れた。


声が聞こえていた。

どうやらおばばと蝦夷のようだ。

「この少年、まさか」

「背中を見てみ」

「これは……！　竜鱗《りゅうりん》ではありませぬか」

「そういうことや」

「では、この少年こそがあの失われし一族の」

「最後の末裔《まつえい》や」

「ならば、此度の戦に巻き込まれるは必然ではありませぬか」

「せやから、余計に不憫《ふびん》なんや」

——失われし一族ってなんだ。それはもしかしたらわたしのことですか。

「ならば試してみるしかありませぬな」

「やらせるつもりか」

「この少年の、それが宿業《しゅくごう》なれば」

額《ひたい》の一点を、指で突かれた気がした。

さらに首の裏にも同じ感触を覚えた。

光の流れに投げ込まれ、押し流されていった。

(三)

果たして仏法は国の礎とするに正しき教えや否や。

国が二つに割れていた。

だが、捕鳥部萬《ととりべのよろず》にとって、そのようなことはどうでもよかった。生まれし時より、萬は神も仏も信じたことなど一度としてない。吾《われ》は武人なり。武人として主に仕え、その人のために死するが運命と信じて疑わない。

そして吾にとっての主人とは、物部守屋《もののべのもりや》をおいて他になし。

守屋が命じれば仏殿を焼き払う。仏像を打ち捨てる。主人はいう。そもそもこの国には国津神《くにつかみ》がおわす。それを信じず、異国の神である仏を信じるとはなにごとぞ。民百姓がそうするなら、それはそれでよい。だが、大君みずからが国津神をないがしろにすることなど到底許せるものではない。

　なによりも、蘇我馬子が仏を信じているはずなどあるものか。あの男が欲しいのは、仏教とともに伝えられたさまざまな技術であり、医術でしかない。その力を持ってこの国に君臨するのが、狙《ねら》いではないか。

　蘇我馬子討つべし。主人がそういうならば、捕鳥部萬はかけらほどの迷いも持たなかった。

　捕鳥部とはその名の示す通り、朝廷に仕え鳥を捕獲し、貢上するのが本来の役目である。古くは鳥取部とも呼ばれた品部《ともべ》だ。が、そのためには野山を駆け巡らねばならぬ。ときに野に臥《ふ》し、獣を捕りながらこれを食し、何日もすごさねばならなかった。必然的にそのための《技》が育ち、代々世襲されてきた。それがいつしか野戦の技となり、隠密裏に行動する技となっていった。

　捕鳥部萬は身一つをもって物部守屋に仕える、孤高の武人であった。

　供《とも》はただ一匹。いつも萬のそばにあって離れようとはしない、白犬の紅蓮《ぐれん》のみである。その夜、珍しいことに紅蓮が遠吠えをした。寝所でその声を聞いた萬は、慌てて大刀を引っつかむと土間へと向かった。そこが紅蓮の寝所である。

「どうした、何事かあったのか、紅蓮」

蘇我一族との争いは、日を追って激しくなっている。

あるいは、敵が攻めてきたのを紅蓮がいち早く察知したかと思ったのだ。

紅蓮が激しく鳴いていた。

そこへ下人《げにん》が一人、駆けつけた。

「萬様、大変にござりまする」

「いかがした」

イサギという名の下人が、そっと萬の耳元でささやいた。

「ばかな、まことか！」

「たった今、報せが参りました」

物部守屋、討たれる、の報せであった。

「まことにわが主はお亡くなりになったのだな」

「はい、それもただ一本の矢に額を打ち抜かれて」

馬鹿な、と萬は声を荒らげた。いかに奇襲を受けようとも、守屋もまた一己《いっこ》の武人である。戦闘のための身支度は常に身の回りに用意しているはずだし、それを装着するまでの間、兵士が敵襲を食い止めることなどたやすいはずだ。それがただ一本の矢で額を打ち抜かれたという。

「なんでも仏敵調伏《ちょうぶく》の矢を射られたとかで」

「仏敵調伏の矢だと」

まさかそれは、といいかけ、萬は言葉を飲み込んだ。

たとえ百人の敵を前にしたとて、萬はこれを恐れることはなかった。地を這《は》い、流れに身を隠してでも、いつかこれを殲滅《せんめつ》させる術を、萬は持っている。なにも恐れるものではなかった。

ただ一人を除いては、である。

「その者、額に仏をくりつけ、吾に仏の加護ありと叫んで一矢を放ったところ、矢は守屋様の冑《かぶと》をも貫きて」

そのような技を使う人間を、萬は一人をおいて知らなかった。

「……厩戸皇子なのだな、あの魔少年なのだな」

イサギが静かに頭《こうべ》をたれた。

萬は一度ならず、その少年の姿を殿中で見たことがある。

遠目ではあったが、厩戸皇子と視線が合った瞬間、目に見えぬ無数の矢で射抜かれたような衝撃を受けたことを、今も記憶している。

萬は神仏を一切信用しない。己の肉体でさえも、目的を果たすための道具としてしか考えなかった。どこかが傷つき、破損したとしても、それを補う方法を用いればよいだけのことだ。それゆえに人は、萬のことを非情と呼ぶ。あるいは命を持たぬ操り細工とも。しかしそれとても萬にとっては賞賛《しょうさん》の声に他ならなかった。

萬は少年の視線によって、生まれて初めて恐怖を感じた。

紅蓮が、突然うなり始めた。

「イサギ、裏口から逃げよ。敵が襲ってくる！」

「しかし、萬様を置いては」

「心配するな。吾に策あり。逃げよ、万が一捕まったなら迷わずに命乞《ご》いせよ。やつらの狙《ねら》いはこの身一つ。下人であるお前は許されよう」

そういって、萬は大刀を抜くと表の木戸を蹴破って、表に飛び出していった。

それから幾人の敵を倒したことだろう。夜陰《やいん》にまぎれ、時に草叢《くさむら》に身を隠して、敵を一人ひとり屠《ほふ》っていった。いつしか衣服は血にまみれ、木々の小枝に引っかかって襤褸《ぼろ》と化していった。

それでも萬は戦いをやめなかった。

ただ一人となっても蘇我馬子を倒してみせる。いや、馬子などどうでもよい。しょせんは単なる権力の亡者《もうじゃ》ではないか。

滅すべきは厩戸皇子ただ一人、であった。

神仏を信じぬように、萬はまた政事にも興味がなかった。誰がこの世をたぶらかそうが、君臨しようが、吾一切関知せず。逆にそれが信念でもあった。人の世とはそういうものではないのか。移ろう花の色のようなものだ。

だが、厩戸皇子はちがう。

かの者は、この世そのものを滅しようとしている。

いつしかその思いのみで萬は戦さを続け、肉体は少しずつ滅びに向かっていった。有真香邑《ありまかむら》にたどりついたときには、すでに歩くことさえ容易ではなかった。それでも萬は術の限りを尽《つ》くして戦った。山中の竹藪に追い詰められた萬は、無数の竹に縄を結びつけ、笹の枯葉に身を隠して敵の襲撃を待った。そして敵兵の足音を確認すると、すべての縄をいっせいに引いた。敵は無数の伏兵に囲まれたと勘違いして、我先に逃げ出そうとした。そこを狙って、一人一人仕留めていったのである。

だが、そこで完全に力尽きた。

もはや息をすることさえ苦しかった。

無性《むしょう》に眠い。いっそこのまま首でもかき切って自害するか。懐から小刀を取り出そうとしたが、それもかなわなかった。腕にも指にも、まるで力が入らなかったのだ。

——そういえば紅蓮はどうしただろうか。

死出の道連れにするには忍びず、我が家においてきた愛犬のことを不意に思い出した。

——わが命運、ここに尽きたり。

途切れようとする意識の中で、愛犬の鳴き声を聞いた気がした。

そして捕鳥部萬は、ついに意識を手放した。

気がつくと、藁《わら》の束に寝かされていた。

「ここはどこだ」といおうとしたが、声にならなかった。

ぱちぱちと木が爆《は》ぜる音がする。どうやらすぐ近くで焚《た》き火をしているらしい。

そして腹部には、なにか暖かいものが押し当てられていた。

「目ぇが覚めたようやな」

少年の声であった。

細い腕が竹筒を握っていた。それを萬の唇に押し当て、傾けた。幾日ぶりかに口にする、水だった。冷たく、甘い感触が萬の心の鎧《よろい》を復活させた。

「ここはどこだ、お前は誰だ、どうしてわたしはここにいる」

「そないに矢継ぎ早にいわれてもなあ」

腹部に押し当てられていた暖かいものが、くうんと鳴いた。

「紅蓮、どうしてお前がここに！」

「薄情な主人を捜し求めて鳴いとったよってな、連れてきてん」

初めて気がついたが、傷ついた体のすべてに手当てが施《ほどこ》されていた。

「どうして吾はここに」

「竹藪で寝とったやろ。風邪ひくといかんと思うて背負ってきてん。重かったわあ」

「誰だ、お前は」

「どうでもええやん」

どう見ても二十歳にはなっていない、しかも童顔の少年であった。が、奇妙に大人びた話し方をする。

「もういちど聞く。お前、名は」

少年が、鼻の横を掻いて、首をかしげた。

「蝦夷。蘇我蝦夷いいます。どうぞよろしゅう」

捕鳥部萬は声を失った。

その横で紅蓮が再び、くうんと鳴いた。

蘇我蝦夷といえば大臣《おおおみ》・蘇我馬子の息子ではないか。いわば捕鳥部萬にとって天敵のせがれに当たる少年である。何故に吾の命を助けたのか。瀕死の吾に止《とど》めを刺し、首でも持ち帰れば恩賞は思いのままであろうに。

それよりも不思議なのが、紅蓮であった。

紅蓮はまさしく猛犬である。子犬のころより萬から特別な訓練を受け、その命《めい》あらば兵士の二人や三人、いともたやすく食い殺すほどの技を身につけている。当然ながら萬以外の人間になつくことは決してない。その紅蓮が蝦夷という少年に心を許し、吾を探してここにいることが、不思議でならなかった。

——この少年……。

「食べるか」と、少年が焚《た》き火で炙《あぶ》った串を差し出した。どうやら干《ほ》し肉らしい。香ばしい匂いが鼻腔に届いたが、萬の体力がそれを食することを欲しなかった。首を横に振ると、「そりゃそうやろうなあ」と蝦夷は自ら串にかぶりついた。

酒はあるかと問うと、腰に下げた革袋を無造作に投げてよこした。腹で受け止め、萬は痛む身体を無理に動かし、上半身を起こした。

「あんまり飲みすぎたらアカンよ。血ぃが仰山《ぎょうさん》、流れ出とるからね」

「気にするな。代わりに酒を補給してやるのだからな」

「さよか」

きつい酒であった。日ごろ口にしている濁酒《にごりざけ》とはまるで違う、傷ついた口内を焼き尽くすような強酒《こわざけ》である。

「特別仕立ての酒やろ。飲んでよし、調理につこうてよし、傷ついた身体には毒除けにもなる」

「毒除けというと」

「知らんかった？　体にできた傷を放っておくと、毒に侵され腐れてしまうんよ」

「それならば知っている。吾らはそれを防ぐために薬草を用いるのだ」

「ははん。捕鳥部ちゅうのは、薬師《くすし》の技も持っているんか」

たいしたもんやねえと、蝦夷が自らも革袋の中身をあおった。ぷはあっと吐息する仕草《しぐさ》はまさしく成人なのだが、容姿がそれを認めさせない。成人と少年とが同居しているようで、萬の戸惑いは度を増すばかりであった。その一方で、少年の醸《かも》す空気が次第に心地よいものに変化するのも確かであった。同時に、紅蓮が心許したことも、次第に理解した。「吾を捕鳥部萬と知って助けたのか」

「どうも、あの狸親父《たぬきおやじ》のやることなすこと、気にいらんでねえ」

「それだけの理由で、吾を助けたのか」

狸親父とは、馬子のことであろう。飛鳥《あすか》の地に並ぶものなき権力者である。かつて先帝をも手にかけたとされる人物で、たとえ息子であろうとも、己に逆らうことを決して許さぬ非情の人物と聞いている。

「ふふ、それが狸親父か」

「煮ても焼いても食えん男や。今回の崇仏廃仏の戦《いくさ》かてな、結局は物部《もののべ》一族憎しのいちゃもんみたいなもんやで。要するに親父は物部が持つ軍事権力が気に入らんかったんや」

気に入らないだけではない。その権力を強力に欲したのだ。だからこそ仏教を味方につけた。そのあまりある技術力を背にして、物部に戦いを挑んだのである。

「なぜ、助けた」と捕鳥部萬は三度問うてみた。

「まずは……あんたはんに興味があった。捕鳥部萬ちゅうたら、そらごつい評判でっせ。変幻自在の技を使い、人心を惑わしてこれを討つ。まさしく物部の軍神である、ちゅうてねえ」

それで戦にまぎれて、その行動を窺《うかが》っていたと、蝦夷はこともなげにいった。

「吾を陰から見ていたというのか」

「そうよ。まさに評判どおりの軍神ぶりやったねえ」

にわかには信じられぬ言葉だった。萬は己の身体《からだ》に刻み付けた技がどれほどのものか、正確に理解している。そこには驕《おご》りも謙遜《けんそん》もない。ただただ己を冷静に見るばかりだ。それは断じて少年が、陰から見物できるような生易しいものではない。

——ましてや。

そう思って萬は慄然《りつぜん》とした。吾は少年の視線に気づかなかった。いうなれば少年はいつなんどきでも吾の首を取ることができたということだ。それをしなかった蝦夷に感謝の念を抱くより、背中に冷たい汗が流れるのをはっきりと感じた。

「なにか……特別の修行でもしているのか」

「そんなひち面倒臭いもん、やってられますかいな。世の中にはもっともっと面白いもんが仰山転がってまんねや」

一瞬、萬の胸のうちに厩戸皇子《うまやどのみこ》の姿が浮かんだ。あの魔少年同様に、この蝦夷もまた人外化生《じんがいけしよう》の力を秘めているのだろうか。

いや、ちがうとすぐに思い直した。

しいていうならば、二人は鏡の中と表の存在なのである。どちらが中で、どちらが表なのかはわからない。それは鏡が割れた瞬間にのみ、はっきりするのだろう。鏡が割れてしまえば、中に立っているほうは、この世から消えてしまう。表にいた者のみが、実体なのである。

「宿命というやつかな」

「なにが？」

「いや、なんでもない。ふとそう思っただけだ」

そういいながら萬は己の身体に生じた不具合を少しずつ確かめ始めた。膝頭《ひざがしら》の骨をひどく痛めているようだ。これでは以前のように野山を駆け巡るわけにはいくまい。あるいは杖《つえ》を使わねばならぬやもしれぬ。あばらの骨も数本折れているようだが、これは数日で完治するだろう。左右五本の手指はほとんど異常ない。上半身を起こすことができたのだから、腰骨にも異常はあるまい。骨と骨の継ぎ目を痛めたのか、節々がひどく痛むが、これも日を経ずして元に戻るだろう。

一通り不具合を確かめたのち、萬の中にふと悪戯《いたずら》心が生じ、次にそれを抑えられない己を悟った。

足元の小石を三つ、掌に握り締めた。石礫《いしつぶて》である。礫といっても、余人の投げるそれではない。捕鳥部の一族にとって石礫は《雹《はく》》ともよばれ、鳥を傷つけぬように捕獲するために放たれる武器であり、その精妙さは時として人の命をも奪う。

三つの雹を同時に放った。

ひとつは蝦夷の側頭部を狙い、二つの雹は拳一つ分はなれて左右を狙った。どうやっても避けることのできない攻撃である。

それを蝦夷は手にした木串《きぐし》で無造作に払った。

「なんや、悪戯が過ぎるで」

「すまぬ、体が自由に動くか、確かめたくてナ」

蝦夷がフンと鼻を鳴らした。

干し肉を炙った木串を焚き火にまとめて放るとぱっと炎が大きくなり、蝦夷の横顔に陰影が貼りついて、その童顔が急に大人びて見えた。いかに幼く見えても大臣・蘇我馬子の一子である。権謀術策《けんぼうじゅつさく》渦巻く飛鳥にあって、無邪気な童子を演じ続けられるはずもない。いやおうなしに世の、人の黒い部分を幼き頃より見せ付けられたことは想像に難くない。

――まして異能の持ち主なればなおのこと。

世の人々は異能に接すると、まずは畏怖《いふ》する。神の子よ、と奉《たてまつ》るのである。けれどやがて自らに異能が決して宿らぬことを知り、そして簡単に畏怖の念を捨て去るのである。次に生まれるのは憎悪の念である。人は異能を激しく憎む。隙あらばこれを抹殺しようとする。そこにこそ異能者の孤独と葛藤《かっとう》はあるといってよい。かつて萬自身がそうであった。異能者集団・捕鳥部の一族にあって、なおも異能の際立つ萬の少年時代は、孤独と絶望に染め上げられていた。

——なれど……。

青年時代に至って萬は尊敬すべき主《あるじ》に出会った。物部守屋《もりや》である。守屋は常に畏怖の情をもって接してくれた。そのことがいかにささくれた萬の心を癒《いや》してくれたことか。焚き火を見つめる蝦夷の横顔に、萬はかつての己を重ねた。

「で……どないしたろかなあ」

「とは？」

「ここは思案のしどころやで。うまく立ち回らんと、こっちのけつに火ィがつきよる」

蝦夷の言い分はこうである。

とりあえずは捕鳥部萬は死んだことにすればよい。程よく顔面が崩れた遺体に萬の衣服を着せれば、それはたやすいことだろう。

「問題はそれからや。なにせ萬はん、有名人やからなあ」

「なるほど。ことにあの魔少年の目を逃れることはいかにも難しい」

「それや。厩戸皇子の糞《くそ》ったれからどう逃れるか」

捕鳥部一族の技の中に、なにかないかと問われて、萬は「なくはない」と答えた。

ただし、生涯にただ一度しか使えぬ技だともつけくわえた。

「別人になる。しかも老婆の姿に変わる」

「嘘やろ。そないなことができるんか」

「腰骨と肩の骨をわざと砕き、体の形そのものを変えるのだ」

さらに両の頰《ほお》を石板で一年ほど挟み、顔の形をも変化させる。あとは貝殻をすりつぶした粉を酒で溶いて顔面に塗りつけると、深く醜いしわができる。これを日々繰り返せば、しわはやがて本物となる。

「……黄泉《よみ》返しの法という」

「聞くだけで身がすくみそうな技やな」

場合によっては男根までもおとす。そうなれば誰も萬が老婆であることを疑うものはいなくなるのだと聞かされて、蝦夷は両の耳を掌《て》でふさいだ。

いざとなれば山中深くに隠遁《いんとん》したのちこの技を用いて老婆となり、馬子と厩戸皇子に近づいて、これを抹殺《まっさつ》するつもりだった。そのことを口にするつもりはなかったが、

「そこまで思いつめてたんや」

と、蝦夷は萬を凝視していった。萬はそれに答えることができず、蝦夷から革袋を

受け取って中身をあおった。わが主と仰ぐ人が亡き今、萬の胸のうちにあるのは蘇我馬子と厩戸皇子を討つことのみであった。

そのとき萬は、ふと奇妙な思いに駆られた。あの二人を本気で討つつもりならば、目の前の蝦夷を人質に立てればよいではないか。が、その考えはすぐに捨てた。こうして傷つき、立つこともままならぬわが身が、蝦夷に太刀打ちできるとは到底思えなかった。

——なによりも。

仮に蝦夷を人質に立てたとて、馬子も厩戸皇子も表情一つ変えずに、いやむしろ薄く笑みを浮かべながら萬に迫るだろう。

そしてこうも思った。せっかく助けられた命ならば、この蝦夷という少年に預けてみるのも一興《いっきょう》ではないか。どうやら蝦夷は父親にも厩戸皇子にも与《くみ》するつもりはないらしい。むしろ反旗がその胸には翻《ひるがえ》っているようだ。ならば黄泉返しの法を用いてわが身を別人に作り変え、蝦夷のために働いてもよいではないか。そのほうがあの二人により深く仇《あだ》なすことができるやもしれぬ。

焚き火に新たな木枝をくべながら、蝦夷がポツリといった。

「なあ、萬はん。頼みごとがあるんやけどナ」

「なんなりと。この命は一度捨てたも同然なれば」

「あのナ、人を探して欲しいんや」

「誰を」

「一人やない。大勢の人や。あんさんも知っているやろが」

かつてこの国には、大和朝廷を作った人々とは別の部族が住み暮らしていた。はるか海のかなたからやってきた部族――すなわち朝廷を作った者たち――によって彼らは滅ぼされ、今に至る。

「けれど完全に滅ぼされたわけやない。わずかな生き残りが全国に散らばり、細々と生きているんや」

たとえば、かつて女王の統治によって平和に暮らしていた出雲《いずも》の一族。あるいは、出雲から逃れて諏訪《すわ》の地に移り住んだ一族。他にも失われた部族はあるはずだ。

「そのものたちを探せ、と」

「そして集団を作って欲しい」

「朝廷に対して謀反《むほん》の狼煙《のろし》でも上げますか」

「場合によってはそれも楽しそうやが、とりあえずは、みなで静かに暮らせる小さな国を作りたい。その準備は進めつつあるんや」

萬は、わが耳を疑った。

この恐るべき少年は、その年ですでに国づくりの準備を進めつつあるというのか。常識では考えられない話であり、これが蝦夷以外の少年の口から語られた言葉であれば、一笑に付していただろう。けれど、瞬時に萬は信じた。

「やってみましょう。及ばずながら捕鳥部萬、今日より黄泉返しの法に取り掛かり、別人となりまする。そしてこの国を行脚《あんぎゃ》し、失われし一族を組織いたしましょうぞ」

「すまんなあ、ほんまにええのん」

「なにをいまさら。さて彼らを組織するにあたり、彼らもまた別の部族の名をつけねばなりますまいな」

「それも考えてあんねん」

小枝を拾って蝦夷は、地面に書き付けた。

石塊《いしくれ》の民《たみ》。

「よい名です。名もなく、功利も求めず、誰にも仇なさず、ただ静かに暮らしてゆく民、という意味でございますな」

「ああそうや。それから今思いついたんやが。あんたも名を変えねばならんやろ」

そういって蝦夷が再び小枝を取った。

水流るるごとく各地を行脚苦行する者という意味で、といいおいて、蝦夷は、水流《つる》丸《まる》の御婆《おばば》。

と書いた。

「それもまた、よき名ですな。吾にはふさわしい」

そういいながら萬は、いつの間にか己が蝦夷に対して臣下の礼をとっていることに気がついた。

（四）

奇妙な宴はまだ続いていた。

といってもおおかたの者たちはすでに寝息を立てている。焚き火の炎を囲んでいるのは蘇我蝦夷《そがのえみし》と石塊の民の長である水流《つる》丸《まる》の御婆《おばば》。そして牙童女《がどうじょ》と二人の男たちである。紅蓮《ぐれん》は少し離れた場所で、押しつぶすような闇に向かってじっと身構えている。

「なあ、御婆」と、蝦夷はかつて捕鳥部萬《ととりべのよろず》と呼ばれていたものに話しかけた。

「なんでござりましょうや」

「先ほどの話やが、吉備国《きびこく》に異変が」

「詳しきことはまだ判明いたしておりませぬが、確かにかの国に異変ありと、わが耳が伝えてまいりました」

「しかも温羅《おんら》の身になにかあったというのんか」

「たいそうに人変わりなされたと」

「んな、あほな!」

蝦夷は思わず声を荒らげた。あの温厚な温羅がと続けるつもりが、感情が高ぶるあまり言葉にならなかった。

「人が変わること、すなわち道理であるともいえましょう」

「それは御婆が温羅を知らんからいうんや」

そういって、蝦夷は木椀の中身をあおった。かみ締めた唇から糸のような血が流れたが、それを気にすることなく「行くしかないやろな、吉備の国に」とつぶやいた。

そのとき紅蓮が、低くうなった。

「どうやら血の匂いを嗅《か》ぎ取ったようですな」と水流丸の御婆がつぶやいた。

「敵か!」

とたんに、眠っていたはずの男たちがさっと半身を起こした。手にはすでにそれぞれの得物《えもの》が握られている。一人の男が泥酔している那由多《なゆた》を小脇に抱え、その場から跳躍した。駆け寄ってきた羅厳《らごん》の背中に飛び乗るや、今度は羅厳が跳躍した。

凝固した闇を噛み砕くような音が、一歩一歩近づいている。何者かが、目の前の藪《やぶ》を漕《こ》いでいるのである。

御婆さまぁ、御婆さまぁ、フナムシにござりまするう。

息も絶え絶えに水流丸の御婆の名を呼ぶ声が藪の奥から届いた。

「フナムシか！」

男たちが藪に飛び込んだ。まもなく彼らの肩に寄りかかるように、襤褸《ぼろ》をまとった男が現れた。襤褸をまとっているのではなかった。被服がずたずたに引き裂かれているのである。おまけに右腕の肘《ひじ》から先が切断されている。どうやら応急の手当てはしているようだが、それでも血の滴《したた》りは止めどない。

フナムシと呼ばれた男が、水流丸の御婆の足元に横たえられた。

「吉備国でなにがあった、フナムシ」

どうやらフナムシは、御婆が吉備国に放った《耳》らしい。

「御婆様、吉備……国には鬼《おに》……がおりまするぞ」

「鬼とはなにものぞ」

「鬼でござる。鬼に相違……ありませぬ」

女人を喰《く》らう鬼といったかどうか、その言葉は不鮮明で聞き取りがたかった。あるいは女芯《じょしん》とでもいったのか。

フナムシは最後に、

「……吉備津彦《きびつひこ》が」

といって息絶えた――かに見えた次の瞬間である。その目がかっと見開かれた。眼球が赤く血走っていた。瀕死のはずのフナムシがすっくと立ち上がって、呵呵《かか》大笑した。

「伝えたぞ、確かに伝えたぞ。そこにおるのは蘇我蝦夷じゃな。よおく聞いたな。吉備国には鬼がおるぞ。わしがその鬼じゃ。早く吉備国へ来い、わしがそのほうを喰《く》ろうてやるぞ、頭から喰ろうてやるぞ」

そういってフナムシが横に跳躍して、さきほど肩を貸してくれた男に飛び掛かった。首の付け根に喰らいつくと、どこにこれほどの力が残っていたかと驚くほどの勢いで、その部分の肉を食いちぎった。男の首から一尺ほども血飛沫《ちしぶき》があがった。太い血の管を食いちぎられたのである。まもなく二人の男は同時に倒れた。牙童女が首を食いちぎられた男の脈を取ったが、すぐに首を横に振った。フナムシは確かめるまでもなかった。

「なにが起きたんや、御婆！」

「憑《つ》き神の術……邪術にござりまする」

「要するにあれか。他人の身体をつこうて吾に言葉を伝えたんか」

「おそらくは、フナムシはとっくに息絶えていたのでござりましょう。生ける屍《しかばね》となってここまで戻ってきたのです」

容易ならざることになりましたと、御婆の口調が告げている。

それにしても、と御婆の唇が動いた。

「女人を喰らう鬼とは」

「気になるんか」

「話に聞いたことがござりまする」

里でかどわかした女人を犯しつくし、弄《もてあそ》ぶのではない。もっと恐ろしいことが起きている気がすると御婆はいった。

「吉備国はわが国でも有数の砂鉄の産地にござりまする」

「せや。なればこそ、かの地で温羅は鉄作りに励み、ひいては国づくりに励んでおるんや」

それこそが蝦夷の目指す、失われし部族が移り住むための国である。倭《わ》に依《よ》らず、何者にも征服されることのない自立国家こそが、蝦夷の壮大な夢であった。

温羅はもともと、海のかなたからやってきた製鉄一族の末裔《まつえい》である。巧みにたたらを操り、優秀な鉄器を生み出す能力に長《た》けている。

「それと、女人を喰らう鬼とを結びつけると」

「まさか。あれはあくまでも伝説に過ぎんのとちゃうんか」

「わかりませぬ。なれど」

と言いよどんだ御婆の横顔を、蝦夷はじっと見た。

騎馬一族が有した武器の一つに月砕剣《げっさいけん》と呼ばれる剣がある。走る馬の首を刎《は》ね、岩をも切り裂く剛剣と伝えられるが、その製法は誰も知らない。あるいは、伝説を身にまとっただけのただの剣なのかもしれない。

「ときに蝦夷様。あれが奪われたそうにございますな」

「さすがに耳が早い。厩戸皇子《うまやどのみこ》のクソったれが、三匹の鬼を使うて、掻《か》っ攫《さら》っていきよった」

「それもまた容易ならざること。魔性のものはなにを考えておるのでしょう」

飛鳥と吉備国、二つの地で起きつつある異変が、どこかでつながっているのではと、御婆はいった。

「いや、そっちは気にせんとき。たいしたこたあらへん」

「しかし、あの魔仏を手に入れたとなると」

「うん。とんでもないことが起きるかもしれへんが、まあ大丈夫やろ。あれだけではどないにもならへんねん」

それよりも、と蝦夷が唇をかんだ。

吾には吾の気がかりあり。

フナムシが口にした「吉備津彦」という言葉であった。

「吉備津彦といえば、温羅殿のもう一つの名では」

「ちがう、似てるけど違うんや。温羅はな、吉備冠者《きびかじゃ》と呼ばれることはあっても、吉備津彦なんぞといういかめしい名前は名乗らん男や」

吉備冠者。すなわち吉備国を代表するものというほどの意味である。

「では、吉備を象徴する男が今、かの地に二人いると」

「それがどないしても気にかかってなあ」

蝦夷はきらめく星の下でため息をついた。

夜嵐が凄《すさ》まじい勢いで吹き抜けている。ようやく樹木にしがみついていた枯葉はもとより、常緑の葉でさえもひきちぎられるように闇夜に舞っている。

そこに一人の異形《いぎょう》が立っている。頭から被《かぶ》った黒い頭巾《ずきん》は顎《あご》の下まで顔を覆い、目と鼻のみが表に見える。首にはやはり黒い長布が幾重にも巻かれ、飛鳥《あすか》の凍気が首から侵入するのを防いでいる。獣の皮で拵《こしら》えた服は毛肌を表に出し、細身の袴《はかま》もまた同様である。どう見ても人ではない。異形の獣が二本足で立っているとしか思えなかった。暗がりでよくはわからないが、その背後には巨大な四足の動物が立っているようだ。顔の辺りから二本の白い息が、しきりと噴出されていた。さらにその横に、小さな人影がある。

「いよいよ行かれるのですね、蝦夷様」

「おうっ！　難波《なにわ》の泊《とまり》で婆様たちが待っておるさかいナ」

　ではこれを、と小さな人影、鞍作《くらつくりの》那由多が袋物を二つ差し出した。

「なんやのん、これ」と、蝦夷は袋を取り上げた。どうやら掌《て》にはめる袋のようだ。

「うさぎの皮で作っておきました。毛肌を内に拵えておりますから、暖かいでしょう」

　ふうん、といって蝦夷はそれを両の手にはめた。具合が実に良い。暖かいし、なによりも親指だけが独立しているのがありがたかった。これならば手綱《たづな》を握っても不自由ないし、他の得物《えもの》を持つこともできる。

「あいかわらず、小器用なこっちゃね」

実は蝦夷が日ごろ愛用の自在棍《じざいこん》、牙童女が懐に忍ばせている手槍もまた、那由多の作である。仏師・鞍作止利《とり》のもとへと修業に出したのが正しかったか否か、このときも蝦夷はふと頭を悩ませた。が、それも刹那《せつな》のこと。

「行ってくるわ」と、羅厳《らごん》の背中に飛び乗った。

羅厳の脚力ならば明け方前に難波《なにわ》に到着することができる。そこから船で一気に吉備国を目指すのである。闇夜に向かって一声いななき、羅厳は凍気を蹴散らす勢いで駆け出した。

難波の泊《とまり》へと続く街道はあるにはあるが、疾駆《しっく》する姿を誰かに見られたら、それこそ化生《けしょう》のものと間違われかねない。人目を避けるには蝦夷と羅厳はどうしても山道を駆けねばならなかった。

闘気の塊《かたまり》と化した羅厳の走りは、まさしく化生《けしょう》のものといえた。行く手をさえぎるものはすべて蹴散らす。石塊《いしくれ》あらばこれを踏み砕き、小枝はおろか一抱えほどの木々もなぎ倒す。山道を行くというよりは、新たな山道を切り開く勢いで羅厳は鈴鹿《すずか》の山を駆けていった。その背中にしがみつく蝦夷はたまったものではなかった。

「ちょっ、ちょっ、羅厳、なあ羅厳、もうちょびっとだけ穏やかに……ひゃあああああ」

那由多と石塊の民がしつらえてくれた防寒着のおかげで、身を切るがごとき凍気からは逃れることができたが、降るように吹き飛ぶようにわが身に襲い掛かる飛来物からは逃れようがない。

「おおおおおう、わわわわわっ」

これならば衛士《えじ》たちが日ごろ着用する鎧《よろい》冑《かぶと》でも着込むべきであったと後悔したが、すでに後戻りする道はない。蝦夷は羅厳の首にしがみつき、飛来物の襲来に耐えるしかなかった。

異変に気づいたのはまもなくのことだった。しがみついた羅厳の首筋に通る太い血の管に、異様な乱れが感じられた。

──どないしたんや。まさか……羅厳が。

なにかに怯《おび》えているのではないかと思った。が、それはすぐに否定された。蝦夷の気配を野生の勘で察したのか、羅厳が雄たけびを一声、中空に向かって放った。

蝦夷は意識を細く細く絞《しぼ》り込んだ。闇も凍気も穿《うが》つほどに、

──細く、細く、何者の気配も逃さぬように。

——頭上か！

駿足の羅厳の走りに、ぴたりと寄り添う気配を確かに感じた。樹から樹へ、枝から枝へと羅厳の速度に遅れることなく、しかも最小限に気配を殺してついてくる、影であった。鬼《おに》か、と蝦夷は思った。

さらに意識を絞ると、闇の中から、かすかな芳香が鼻腔《びこう》に流れ込んだ。それが西域《せいいき》渡来の麝香《じやこう》とかいう香料であると意識した瞬間、蝦夷は腰の自在棍を解いて一振り、己《おのれ》の首へと巻きつけた。

「憎らしいこと、なぜわかった」

頭上より降ってきた気配が、かすれた声でささやいた。

羅厳が再び咆哮《ほうこう》し、前足を振り上げて頭上よりの影を振り落とそうとするのだが、影は蝦夷の上半身をしっかりと抱きしめて、それを許さなかった。しかも右の掌は蝦夷の首にかかっている。

「吉路《きじ》……とかいうたな」

「おや、覚えてくれていたか。うれしいねえ、色男の蝦夷殿」

耳朶《じだ》に唇《くちびる》を押し付けるような低いささやき、熱い吐息《といき》に蝦夷は一瞬凍気を忘れた。が、それはすぐに緊張に変わった。首筋に当てられた吉路の鉄爪《てつそう》が、闇ごと引き裂くようにすっと引かれた。

「憎い真似をしてくれるじゃないか」

腰に巻きつけた自在棍は牙童女の手槍と同じ素材でできている。はるか遠く讃岐の国より産出する鉱石である。吉路の鉄爪もこれを切り裂くことはかなわない。

「なにが目的や」

「わたしはうぬが憎い。わが主はほうっておけといわれるが、そうはゆかぬ。うぬはこうして難波の泊に向かっておるではないか。目指しておるのは吉備の国であろうよ」

「かの国より、迎えが来たよってな」

「行く必要などない！　ここで静かに死んでゆけ」

「そうもいかんでなあ」

改めて聞くまでもなく吉路の目的などわかりすぎるほどにわかっている。女鬼が欲しているのは蝦夷の命である。聞きたいのは厩戸皇子がなにをたくらんでいるか、であった。

魔仏を盗み取ったは何故、ぞ。

そして今また吉備国を地獄に変えるは何故、ぞ。

そのことを問うと、吉路はふふんと笑った。

「なにがおかしいんや」

「わが主の深謀遠慮《しんぼうえんりよ》、己がごときねずみが知る必要もなし」

なれど、と吉路は続けた。

「われにも聞きたきこと、あり。答えよ」

蝦夷は朝廷の大臣《おおおみ》・蘇《そ》我馬子《がのうまこ》の息子である。そして馬子はすでに厩戸皇子と密接な繫《つな》がりを持っている。一心同体といっても良い。それをなにより明白に示したのが物部氏《もののべ》との戦である。

「だというのに、なにゆえ己はわが主に逆らおうとする。それすなわち父親への背信ではないのかね」

「狸親父《たぬきおやじ》かア……あれはどうも昔から虫が好かんねや」

「まさか、ただそれだけのことで……」

吉路があきれたようにいった。

悪いか、と蝦夷は羅厳の首にしがみついたまま答えた。

人はいう。物部は国津神《くにつかみ》を信じるあまり、仏教をあまりにないがしろにしすぎた。そればかりか仏教を信じる尼《あま》たちを裸に剝《む》き、辱《はずかし》めまで加えたではないか。すなわち悪である。悪は滅ぼされねばならぬ。衆生《しゆじよう》を救うのは国津神にあらず。仏教である。蘇我馬子と厩戸皇子はこれを見事に滅ぼした。すなわち善である。

「なにが、善や。狸親父が欲したのは仏教の持つさまざまな技術や。そして」

新たな宗教こそが、新たな権力者には必要なのだ。手垢《てあか》のついた国津神では人心はなびかない。野にどのような国津神に関する賢者がいぬとも限らないではないか。

「そのために物部の一族郎党、ブチ殺しよった。なにが善や」

「もうひとつ聞きたきことがある。石塊の民とは何者だ。彼らを束ねる水流丸の御婆とはなにものぞ」

「…………」

「答えぬか、ならば死ね。首の急所を守って安心しているようだが」

でもねと、吉路は再び熱い吐息を蝦夷に吹きかけた。右の掌がすっと下腹部に向かった。

「なっ、なにをするん」

「こうするのさ。まさかここまでは守れまい。ここにだって急所はあるんだよ」

人差指と中指が蝦夷の股間《こかん》を挟《はさ》み込むように、下から上へとなであげた。いくら毛足が長く密集していようとも、吉路の爪はいとも簡単に切り裂いた。

「ひっ、そ、そこはやめて、確かにそこにも急所はあるけど、そこだけはやめて」

「ここに通っている太い血の管を陽物《ようぶつ》ごと引き裂くとね、人はみな血飛沫《ちしぶき》を噴き上げながら死んでゆくんだ。でも大丈夫。簡単に殺しはしないよ。最後に最高の男の快楽を与えてから、ね」

蝦夷の股間から陽物がまろび出た。想像を絶する寒気、そして絶体絶命ともいえる状況にもかかわらず、吉路のひと撫《な》でひと撫でに陽物はたちまち屹立《きつりつ》した。それが吉路が全身から発する淫気《いんき》によるものか、あるいは蝦夷が天性に備え持つ好きもの心故《ゆえ》なのかは本人にもわからない。

「なんじゃ、これは……ふふふ、元気の良いことよのお……!?」

と、笑う吉路の声が途中で止まった。屹立し、膨張しきったかに見えた蝦夷の陽物が、さらに体積を増した。太く、高々と膨れ上がった陽物は吉路の下腕ほどにまでなった。肉の幹を握りかねるほどだった。

吉路の喉がごくりと鳴った。

わずかな隙《すき》が生まれたのを、化生の羅厳が見逃すことはなかった。そして羅厳の首にしがみつく蝦夷もまた、その首の血の管から伝わる《意思》を読み違えることはなかった。

た。

――仕掛けるか、羅厳。

突然、羅厳が斜め前方に跳躍した。蝦夷はさらに強く、首にしがみついた。これくらいの反撃で吉路の死の抱擁《ほうよう》から逃れられるはずがないことは十分に承知のことだった。

だが。

吉路にとっては思いがけない反撃であったに違いない。

羅厳は中空にあって全身を反転させ、太い木の幹に身体をぶつけたのである。凄まじい衝撃が蝦夷に伝わった。首が、背骨が、腰が、みしみしと軋《きし》む。「あっ」と吉路の悲鳴があがり、背後の気配が瞬時に消えた。地面に降りたつや、羅厳の疾駆が再開された。先ほどよりもはるかなる速度で、一頭と一人の黒い影が鈴鹿の山道を駆け抜けていった。

蝦夷と羅厳が難波の泊に到着したのは明け方近くであった。二十人あまりの石塊の民と牙童女、水流丸の御婆が出迎えてくれた。羅厳から飛び降りた蝦夷を見るや、牙童女の表情が険悪なものになった。額から耳の下へと流れる古傷が、くの字に歪《ゆが》められた。

「これは、これは蝦夷様。ずいぶんと風流ないでたちで」

と笑ったのは御婆だった。二人の視線が己の股間に注がれているのを見て、蝦夷はようやく気がついた。

「こっ、これは、あのナ」

股間から陽物がこぼれていた。あわてて両手で隠したが、すでに遅かった。御婆の背後に立つ石塊の男たちが、露骨に笑うことをはばかってか、下を向いて背中を震わせている。

「かっ、風の具合はどうや。潮の具合は！」

「上々にござりまするよ」

御婆が大きくうなずいた。同時に男たちの浅黒い顔もまた固く引き締まった。

泊に用意されていたのは、《百足船《むかでぶね》》と呼ばれる石塊の民、独特の早船であった。

全長十二間《けん》。幅八尺。片側にそれぞれ八丁の櫓《ろ》を持ち、中心に帆柱《ほばしら》が備えられている。

「見るのははじめてやが、さぞや速かろうねえ」

凄いもんだと、蝦夷は感心した。

「今日の具合なれば、夕刻までには」

「吉備国に着くちゅうのんか」

帆を上げ、十六人の屈強な石塊の男が櫓を漕《こ》ぐのである。瀬戸の海は外海と違って波穏やかだ。白兎《しろうさぎ》が飛び跳ねるような波をかきわけ、吉備国に向かう百足船の姿が見えるようであった。

「ならば、行きまするか、蝦夷様」

「おう！　吉備国へ。地獄の扉を閉じるためになあ」

その言葉を合図に、男たちが船に乗り込んだ。

羅厳もまた飛び乗った。

第二章　鬼哭《きこく》之章

（一）

夢とは果たしてなんであろうか。温羅《おんら》は夢とうつつのはざ間で考える。

――願望か、後悔か、記憶か。

汝は鬼なり。どこかで深い声がする。そうだ、吾《われ》は鬼なり。なればこそ、今だけは人でいられる。願望であろうと、後悔であろうと、記憶であろうと、鬼が決して抱くことのできないものを、こうして懐に抱くことができる。

誰かが肩をゆする気配に温羅は目覚めた。同時に人である部分が完全に目を閉じた。

「阿防姫《あぼうき》……か」

長い黒髪を首の後ろでざっくりと束《たば》ねた細面《ほそおもて》の女が、傍らに座っている。温羅は半身を起こして夜具の上に座った。

「例の者どもが、三日ほど前に」

「わが吉備国に入ったか」

「国のあちらこちらを調べまわっておるよしにございます」

「好きにさせておけ、捨て置け」

そういうと温羅は阿防姫を引き寄せ、膝《ひざ》の上に抱えた。やや乱暴な仕草《しぐさ》だが、阿防姫は逆らう様子もない。唇を吸うと同時にその衣装をむしりとり、乳房をあらわにした。南天の実にも似た赤い乳首を温羅の太い指がこね回すと、阿防姫の鼻息がすぐに熱くなった。

柔らかな白い裸身を夜具に横たえて、温羅はそれに重なった。双の太腿《ふともも》を大きく開き、その付け根の黒い草叢《くさむら》を弄《いじ》るのももどかしげに、温羅は屹立する陽物をそこに埋め込んだ。情愛の欠片《かけら》もない、女は淫欲を貪《むさぼ》るだけの、男は精を放つためだけの交合であった。

互いを十分に貪りあったのち、力を失った温羅の陽根を自らの舌で清め、

「月女《つきめ》たちの用意、できましてございます」

まだ消えやらぬ情欲を目元に漂わせながら、阿防姫がいった。

「そうか」といって立ち上がった温羅は、つぶれて見えぬ左目の奥が熱くなるのを感じた。

——あの時もそうであったな。

そしてそのとき以来、俺は鬼に変わったのだと己に言い聞かせた。

四月ほど前のことになる。

気候温暖にして大地の滋養豊かな吉備国は、実りの季節を迎えていた。ことに今年は米の出来がよく、山々の恵みも十分すぎるほどであった。そうなると山の獣たちもまたよく肥え太り、毛皮も塩漬けの肉も十分すぎるほど貯えることができた。吉備国を治める王である温羅にとっても、それは至福の季節であった。

温羅の居城は山城である。

山全体を十里四方の石垣で取り囲み、攻撃用の角楼《かくろう》や東西南北の城門はおろか、配下とその家族が住み暮らすための居住区も備えている。

瀬戸の海に落ちてゆく凄絶《せいぜつ》な夕日を見ながら、温羅は城内の広間で数名の配下とともに酒を酌《く》み交《か》わしていた。米を発酵させた濁酒《にごりざけ》に匂木《くさき》という木の灰を混ぜて作った澄み酒である。

「この春に仕込みました酒ですが、そろそろ酸《す》ゆくなりはじめましたな」

配下の一人がいった。

「うむ。が、それもまたよい。季節の味じゃからな」と、温羅が答える。

「たたらの準備ができております。そろそろ鉄穴《かんな》流しをおこないませんと」

別の配下がいうのへ、温羅はうなずいた。

実り豊かな吉備国では、真冬でも人が飢《う》えることはまずない。その季節、温羅を中心としたたたら師と呼ばれる一族は、山から切り出した黒砂を元に鉄を作り始めるのが慣わしであった。

黒砂とは、山の土に含まれるごくわずかな成分である。山の麓《ふもと》に長い水路を掘り、そこへ切り崩した土を流すのである。土砂《どしゃ》となった土は三つの池を通過して河へと流れる。どうやら黒砂は他の土に比べて重いらしく、流れからはぐれて三つの池の底に沈殿《ちんでん》するのである。これをかき集め、乾燥させておくのだ。これらの作業を鉄穴流しと呼ぶ。

「ならば金屋子神《かなやごのかみ》に伺いを立てねばのう」

「はは。よき風の吹く日、伺わねばなりませぬ」

温羅たちのおこなう製鉄は《野だたら》と呼ばれ、尾根から吹き降ろす風を利用して黒砂と木炭とを焼成するのである。こうして鉄の元であるケラができあがる。

「今年は雨に恵まれ、夏はたいそう暑かった」

こうした年の冬は裏を返すように厳しく、さぞや強い風が吹くであろうよ、と温羅がいったとき、背後から、

「大和《やまと》国斑鳩宮《いかるがのみや》よりの使者でございます」

女人の声がかけられた。

「なに、斑鳩宮からだと」

その名を聞くと温羅の胸の中にざわざわとさざめくものが生じた。

長年にわたり、吉備国と斑鳩宮とは確執《かくしつ》が絶えることのない関係にある。かの場所にあって朝廷を名乗るものどもより、しばしば吉備国に対して朝貢《ちょうこう》の儀をとるよう要求されている。しかし大和は大和、吉備は吉備であると、温羅はこれを突っぱねてきた。自ら大和の属国となるを良しとしなかったのである。時に斑鳩宮は武力を以てこれを従えようとしたこともあったが、吉備国より産出する鉄で作った器物は、彼らの攻撃をことごとく撃破してきた。配下の中にはいっそ大和に攻め入り、逆に彼らを属国にしてはという意見もあった。が、温羅はそれもまた良しとはしなかった。国ひとつ従えるとなれば、それなりの血を流さねばならない。敵も味方も、である。これを

愚《おろ》かといわずしてなんという。

温羅とはそういう人物であった。

「で、使者の名は」

「そっ、それが……」

とたんに女人が言いよどんだ。

「名無しの御仁《ごじん》なのか」

あるいは、名乗るほどの名も持たぬものなのか。それはそれで礼を失するというべきではないか。言葉に険しさが滲《にじ》んだのか、女人が表情をこわばらせ、その場に打ち伏《ふ》してしまった。

「実は……その……吉備津彦《きびつひこ》と名乗られておりまする」

とたんに周囲の空気が張り詰めた。配下の中には横においてある大刀に手をかけたものさえあった。

温羅は吉備冠者《かじゃ》を名乗ることがある。吉備の国の男ほどの意味であって、半ば道化のような名でしかない。しかし、吉備津彦は違う。明らかに自ら「吉備国の王」と名乗っているのである。

いきり立つ配下たちを掌《たなごころ》で制し、温羅は破顔一笑した。

「面白い。実に面白いではないか。新たな吉備の王とやらのご尊顔、拝見奉《たてまつ》ろう。

こちらにお通しするのだ」

そういって手元の盃《さかずき》の中身を、飲み干した。

ほどなく、吉備津彦を名乗る男が三人の従者を連れて現れた。従者の一人は女人であった。敵対する吉備国にやってきて、自らを吉備の王と名乗るのである。どれほどのいかめしき武人かと思いきや、吉備津彦は甲冑《かっちゅう》はおろか寸鉄《すんてつ》も帯びぬ貴人であった。一瞬、その姿が優美な白鳥に見えたほどだ。温羅に対峙《たいじ》する形でふわりと腰をおろした吉備津彦は、まず深々と頭を下げた。三人の従者がこれに習う。

「温羅殿においてはご機嫌麗《うるわ》しゅう、祝着至極《しゅうちゃくしごく》に存ずる」

人によっては慇懃無礼《いんぎんぶれい》にしか聞こえぬこの言葉が、貴人の唇から漏《も》れると、ひどく優雅に聞こえた。

「いやいや、これはまことにご丁寧《ていねい》なるお言葉……」

といったきり、言葉を継《つ》ぐことができなくなった。それどころではない。吉備津彦の涼《すず》やかな目でじっと見つめられると、温羅は頭の中が白く曇《くも》って、なにも考えることができなくなった。

それはまさしく白い霧の中としかいいようがなかった。辺りには配下もいない。吉備津彦の従者もいない。いや吉備津彦の姿さえなかった。あるのは霧の中に立つ己と、吉備津彦の双眸《そうぼう》のみであった。

「吉備冠者よ」と双眸がいう。

はいと答えるしかなかった。

「長きにわたる恩讐《おんしゅう》の日々であったな。だが、それもう終わりにせねばならぬ」

そのために吾はこの地にやって来たといわれると、自然に温羅の首は縦に振られた。終わりにせねばならぬ、終わりにせねばならぬと、幾度も繰り返した。

「この地、この城を今日よりは鬼ノ城とするがよい」

鬼ノ城でござるか、それはまた勇壮なる名でござるな。

「名ばかりではないぞ。この地は今日より鬼の住処《すみか》となるのだ」

すると吾は鬼になるのでござるな。吉備冠者の名を捨て、吉備国王であることをも捨てて鬼になるのですな。さて、鬼と化してなにをいたせばよいのですか。

「秘法を用いて、幻の剣を打つのだ」

秘法でござるか。しかしそのような技、吾は知りませぬが。どのような秘法でござる。

「魔塵香《まじんこう》を用いて女人を操り、これに黒砂を食らわせるのだ」

できまするか、そのようなことが。

「やらねばならぬ。黒砂を腹蔵にためた女人、すなわち月女を生きたままたたらにて燃やし尽《つ》くすのだ」

なにやら恐ろしげな、いや楽しげな秘法でござるな。

「楽しいぞ、生きたまま炎の餌食《えじき》と化す女人を見るのは、そのもだえ苦しむさまはまさしく法悦境《ほうえつきょう》。この世のあらゆる快楽をはるかに凌《しの》ぐ極楽図」

燃え尽きた月女はケラに生まれ変わりまするな。

「月女のケラにて剣を打つのだ。これ騎馬三宝のひとつ月砕剣《げっさいけん》なり」

げっさいけん。

「そうだ。水に映りし月を波飛沫《なみしぶき》ひとつ立てず百にも千にも斬り薙《な》ぐ秘剣。岩あらば岩を断ち、人あらばこれも一刀にて斬り捌《さば》く、それが月砕剣なのだ」

できましょうや、吾に。

「できるとも、人を忘れた鬼ならば、必ずできる。そのかわり約定《やくじょう》の証文をいただこう」

……。

次の瞬間、温羅は左の目に激痛を覚えた。

白い霧がすっかり晴れ、温羅はようやくわれに返った。

すでに吉備津彦の姿はなく、そのかわり従者の一人である女人が膝枕でそこに横たわる温羅の額をなでていた。起き上がろうとして、温羅は左目の激痛で顔をゆがめた。女人が優しくそれを制した。

「証文でございますよ」

女人がいった。

「吾の左目が、か」

「はい。鬼となるための証文。吉備津彦様が持ち帰られました」

ゆっくりと上半身を起こし、あたりを温羅は見渡した。配下は皆、座ったまま微動だにしない。なにかがおかしかった。それが、それぞれの配下が皆、己の首を腕に抱えているためだとわかった瞬間、温羅は大きな声で吼《ほ》えた。怒りゆえではなかった。

腹の底から湧き上がるおかしさに、温羅は吼えつつ笑った。

「女人よ、汝の名は！」

「阿防姫……とでもお呼びくださいませ。あるいは吉路、とでも」

女人が濡れるようなまなざしで微笑んだ。

月の冴《さ》えわたる夜である。

山の斜面にたたらが作られている。頂上より吹きくる風がきれいに抜けるよう、石材を組み立て、その上から粘土で覆った筒状の構造物である。内部は二層になっており、底には粘土が敷かれている。上の層に木炭を敷き詰めて火をつけ、上に開いた高窓から黒砂をまいて焼成するのである。黒砂に混じった不純物は下へと滴《したた》り落ち、ノロと呼ばれる屑鉄《くずてつ》となる。ノロは製鉄には使われないが、かわりにたたらの内部の温度をさらに高める働きを持っている。そうして半日、木炭を燃やし尽くしたのちに上の層に残るのがケラである。

が、今日は違う。火を入れる前の木炭の上に二人の女人が横たわっている。臓物にたっぷりと黒砂を蓄えた月女である。彼女たちはこれから生きながら焼かれるというのに、その目には毛ほどの恐怖も宿してはいなかった。大量に摂取した澄み酒と、魔塵香の煙によって、すでに意識は半ば失せ、恐怖どころか、この世にあらぬ快楽さえ覚えているのではないか。口元にはうっすらと笑みを浮かべている。

温羅はたたらの前に立った。

全裸である。ただしその赤銅色の胸板には銅鏡が一枚、掛けられている。首からは勾玉《まがたま》が。頭部には二本角の鉄輪《かなわ》。これが温羅の一族に代々伝わる、製鉄装束《しょうぞく》であった。いわれは知らない。しかし製鉄の長《おさ》はすべて、この形《なり》でたたらに挑むのである。

鉄を作るとは、すなわち神を作ることである。

鉄で作られた農具はどのような農具よりも優秀で、それが吉備国の豊かな収穫を生み出しているといっても過言ではない。また、鉄によって作られた武具は驚くほどの殺傷能力を持っている。それによって大和国との抗争をくぐり抜けてきたのである。

いわば守り神である。生産と死を同時につかさどる鉄が、神でなくてなんであろう。

たたらに近づくと、温羅は高窓から腕を差し入れ、一人の月女の頰をなでた。

「良きケラに生まれ変わるのだぞ」

月女は声にせず、唇だけで「あい」といった。

もう一人の月女の前をはだけ、まだ成長しきっていないうっすらと盛り上がった乳房をなでると、たちまち息を荒くした。さらに掌を下腹部に進め、太股の付け根をまさぐると、しっとりと湿っている。

「気持ちがよいか」

この月女も唇だけで「あい」といった。

温羅はたたらの前に仁王立《におうだ》ちすると、山に向かって吼えた。

「聞け、金屋子神よ。吾に良き風、与えたまえ。聖なるたたらに強き力、与えたまえ」

　おうと応えるごとく、山が唸《うな》った。木々がざわめいた。

「火を入れよ、今こそ！」

　阿防姫が、火のついた松明《たいまつ》をたたらに投げた。それに山風が呼応する。

　炉内に敷き詰められた木炭は、たちまち舐《な》めるような炎に包まれた。

「ああ」「ひいっ」と二種類の悲鳴が上がると、髪の毛がこげる匂いがあたりに漂《ただよ》った。むせるような悪臭なのだが、温羅は瞬きひとつすることなく、炉内を見つめた。

　たたらを操るものは、その温度を炎の色で感じなければならない。

　やがて二人の月女の衣服が焼け落ち、肌が焦げ始めた。

　まさに地獄絵図だった。

　肌が爆《は》ぜ、内臓が飛び出した。それもまた月女が身体に秘めた脂《あぶら》によって、すぐに青い炎を上げて燃え出すのである。

　月女の頭部が弾けて、眼球が飛び出した。

　そのとき、突然二人の月女が笑い声を上げた。あるいは笑い声ではなかったやもしれない。喉の奥にある声を発する器官が、肺腑《はいふ》より漏れた最後の空気によって震えただけかもしれなかった。

「燃やせ、もっと炭を燃やすのだ。月女たちの身体を燃やし尽くしてケラに変えるまで、炭を継ぎ足すのだ」

温羅は月に向かって叫んだ。

ケラは、本来柔らかい成分をかなり含んでいる。これでは、農具にも武具にも使えない。ケラを真っ赤に熱し、これを叩《たた》いて叩いて火花を飛ばすことで、ケラは硬度を増し、鉄となる。火花こそがケラに含まれる「柔らかさ」の正体なのだ。完全に取り除いてやれば、それだけ硬くはなるが、そのかわり今度は柔軟性を失ってしまう。硬いばかりの、脆《もろ》い鉄になってしまうのだ。その加減を読まねばならない。

月女より作り出したケラは、ことのほか「柔らかさ」の成分が多かった。叩いても叩いても火花は無くならない。かといって叩きすぎては吉備津彦のいう「月砕剣」にはなりそうにない。竹の柔軟性と鉄の硬さを合わせ持つ剣こそが月砕剣であるはずだった。

——小波ひとつ立てることなく水面の月を無尽《むじん》に斬り薙ぎ、岩をも断ち割ることのできる剣……か。

温羅は幾度も失敗し、そしてそのたびに月女がたたらに消えていった。

温羅様は鬼になられた。鬼に狂われた。鬼狂いじゃ。

そんな噂が城内に流れ、人々の怯えはいよいよ激しく、ついには城から逃げ出すものさえも現れた。かつてはこの世の楽園であったはずの吉備国は、ただ一人の鬼のために地獄と化していた。

ただし、鬼もまた自らの命を削《けず》っていた。

温羅は寝食をまったく忘れ、月砕剣のためだけにすべての時を捧《ささ》げた。といっても阿防姫と交わるときだけは別だったが。阿防姫がそばにいるだけで、どれほど疲れを感じていようとも陽物は硬く、猛《たけ》った。そして互いを貪るうちに、なぜだか心身ともに充実感を復活させることができるのだった。あるいは、行為そのものがなにかの術であるのかもしれない。阿防姫の中に精を放つと同時に、彼女から逆に気力と体力を受け取ることができるのだろうか。

「どうしたのですか、温羅様」

裸身をむくりと起こして阿防姫がいった。そのかすれた声がまたよい。精を放ったばかりだというのに、またむしゃぶりつきたくなった。だがそれを抑えて、温羅もまた半身を起こした。

「考えておったのじゃ」

はくれぬ」

「そうじゃ。どうしても工夫がつかぬわ。幾度試みても、柔らかくて硬い剣はできた。

「柔らかくて、硬い。まるで殿方の陽物のよう」

「よさぬか。あまりに過ぎては身体に毒じゃ」

己の股間の陽物に指をまとわりつかせた阿防姫を、そっと押しのけ、立ち上がった。

温羅の頭の中に稲妻が走った。

——あるいは……こんな方法はどうだ。

あらかじめケラから十分に火花を取り出した硬い鉄を打っておく。次に、火花を十分に出し切らぬ柔らかい鉄を打つ。柔らかい鉄を硬い鉄で包み込むようにして、剣を作ってはどうか。

温羅の頭の中でさまざまな工夫が生まれようとしていた。

柔らかい鉄の板と硬い鉄の板を幾枚も用意しておく。これを交互に重ねて剣を打ってはどうか。

不意に阿防姫が立ち上がり、その唇を温羅の同じ場所に押し付けた。

「どうした、いきなり」というまもなく、唇を割って舌が差し込まれた。温羅の舌と阿防姫の舌とが別の生物のように絡み合った。情欲の対象でしかなかった阿防姫が、なぜか急にいとおしく思えた。細腰を抱きしめると、阿防姫もまたその腕を温羅の腰に絡める。「温羅よ」と、阿防姫が言葉つきまで変えていった。

温羅よ、完成させるのだ、月砕剣を。わが主もそれを待ちかねておるぞ。

耳元で囁《ささや》かれると、背筋に雷撃が走った。

「おう、見事成し遂げてみせようぞ。今の吾にできぬことはない。そのかわり……月砕剣造りしのちは、我が妻になるか」

「なってもよいぞ。温羅はまことに好ましき男じゃによってなあ。身体の相性《あいしょう》もぴたりとおうておる。己が余りしところを我が足りぬところに補えば、この世は極楽じゃ」

ただし、と阿防姫は小さく小さくつぶやいた。

好ましき男なれど、我が主の次に好ましき男ぞ。

その言葉が温羅の耳に届くことはなかった。

この作品は二〇一一年四月、小社より文庫として刊行されたものの新装版です。

|著者|北森 鴻　1961年山口県生まれ。駒澤大学文学部歴史学科卒業。'95年『狂乱廿四孝』で第6回鮎川哲也賞を受賞しデビュー。'99年『花の下にて春死なむ』で第52回日本推理作家協会賞短編および連作短編集部門を受賞した。他の著書に、本書と『花の下にて春死なむ』『桜宵』『螢坂』の〈香菜里屋〉シリーズ、骨董を舞台にした〈旗師・冬狐堂〉シリーズ、民俗学をテーマとした〈蓮丈那智フィールドファイル〉シリーズなど多数。2010年1月逝去。

香菜里屋《かなりや》を知《し》っていますか　香菜里屋《かなりや》シリーズ4〈新装版《しんそうばん》〉
北森《きたもり》 鴻《こう》

講談社文庫
定価はカバーに
表示してあります

2021年6月15日第1刷発行

KODANSHA

発行者――鈴木章一
発行所――株式会社　講談社
東京都文京区音羽2-12-21　〒112-8001
電話　出版　(03) 5395-3510
　　　販売　(03) 5395-5817
　　　業務　(03) 5395-3615
Printed in Japan

デザイン―菊地信義
本文データ制作―講談社デジタル製作
印刷―――豊国印刷株式会社
製本―――株式会社国宝社

ISBN978-4-06-520813-7

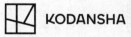

講談社文庫刊行の辞

二十一世紀の到来を目睫に望みながら、われわれはいま、人類史上かつて例を見ない巨大な転換期をむかえようとしている。

世界も、日本も、激動の予兆に対する期待とおののきを内に蔵して、未知の時代に歩み入ろうとしている。このときにあたり、創業の人野間清治の「ナショナル・エデュケイター」への志を現代に甦らせようと意図して、われわれはここに古今の文芸作品はいうまでもなく、ひろく人文・社会・自然の諸科学から東西の名著を網羅する、新しい綜合文庫の発刊を決意した。

激動の転換期はまた断絶の時代である。われわれは戦後二十五年間の出版文化のありかたへの深い反省をこめて、この断絶の時代にあえて人間的な持続を求めようとする。いたずらに浮薄な商業主義のあだ花を追い求めることなく、長期にわたって良書に生命をあたえようとつとめるところにしか、今後の出版文化の真の繁栄はあり得ないと信じるからである。

同時にわれわれはこの綜合文庫の刊行を通じて、人文・社会・自然の諸科学が、結局人間の学にほかならないことを立証しようと願っている。かつて知識とは、「汝自身を知る」ことにつきていた。現代社会の瑣末な情報の氾濫のなかから、力強い知識の源泉を掘り起し、技術文明のただなかに、生きた人間の姿を復活させること。それこそわれわれの切なる希求である。

われわれは権威に盲従せず、俗流に媚びることなく、渾然一体となって日本の「草の根」をかたちづくる若く新しい世代の人々に、心をこめてこの新しい綜合文庫をおくり届けたい。それは知識の泉であるとともに感受性のふるさとであり、もっとも有機的に組織され、社会に開かれた万人のための大学をめざしている。大方の支援と協力を衷心より切望してやまない。

一九七一年七月

野間省一

講談社文芸文庫

ヘンリー・ジェイムズ　行方昭夫 訳

ロデリック・ハドソン

解説＝行方昭夫　年譜＝行方昭夫

弱冠三十一歳で挑んだ初長篇は、数十年後、批評家から「永久に読み継がれるべき卓越した作品」と絶賛される。芸術と恋愛と人生の深淵を描く傑作小説、待望の新訳。

シA6
978-4-06-523615-4

ヘンリー・ジェイムズ　行方昭夫 訳

ヘンリー・ジェイムズ傑作選

解説＝行方昭夫　年譜＝行方昭夫

二十世紀文学の礎を築き、「心理小説」の先駆者として数多の傑作を著したジェイムズの、リーダブルで多彩な魅力を伝える全五篇。正確で流麗な翻訳による決定版。

シA5
978-4-06-290357-8

講談社文庫　目録

京極夏彦　文庫版 姑獲鳥《うぶめ》の夏
京極夏彦　文庫版 魍魎《もうりょう》の匣《はこ》
京極夏彦　文庫版 狂骨《きょうこつ》の夢《ゆめ》
京極夏彦　文庫版 鉄鼠《てっそ》の檻《おり》
京極夏彦　文庫版 絡新婦《じょろうぐも》の理《ことわり》
京極夏彦　文庫版 塗仏《ぬりぼとけ》の宴《うたげ》―宴の支度
京極夏彦　文庫版 塗仏の宴―宴の始末
京極夏彦　文庫版 百鬼夜行―陰
京極夏彦　文庫版 百器徒然袋―雨
京極夏彦　文庫版 百器徒然袋―風
京極夏彦　文庫版 今昔続百鬼―雲
京極夏彦　文庫版 陰摩羅鬼《おんもらき》の瑕《きず》
京極夏彦　文庫版 邪魅《じゃみ》の雫
京極夏彦　文庫版 今昔百鬼拾遺―月
京極夏彦　文庫版 死ねばいいのに
京極夏彦　文庫版 ルー＝ガルー〈忌避すべき狼〉
京極夏彦　文庫版 ルー＝ガルー2〈インクブス×スクブス 相容れぬ夢魔〉
京極夏彦　分冊文庫版 姑獲鳥《うぶめ》の夏 (上)(下)
京極夏彦　分冊文庫版 魍魎《もうりょう》の匣《はこ》 (上)(中)(下)
京極夏彦　分冊文庫版 狂骨《きょうこつ》の夢《ゆめ》 (上)(中)(下)
京極夏彦　分冊文庫版 鉄鼠《てっそ》の檻《おり》 全四巻
京極夏彦　分冊文庫版 絡新婦《じょろうぐも》の理《ことわり》 (一)(二)
京極夏彦　分冊文庫版 絡新婦《じょろうぐも》の理《ことわり》 (三)(四)
京極夏彦　分冊文庫版 塗仏《ぬりぼとけ》の宴《うたげ》 宴の支度《したく》 (上)(中)(下)
京極夏彦　分冊文庫版 塗仏《ぬりぼとけ》の宴《うたげ》 宴の始末《しまつ》 (上)(中)(下)
京極夏彦　分冊文庫版 陰摩羅鬼《おんもらき》の瑕《きず》 (上)(中)(下)
京極夏彦　分冊文庫版 邪魅《じゃみ》の雫 (上)(中)(下)
京極夏彦　分冊文庫版 ルー＝ガルー〈忌避すべき狼〉(上)(下)
京極夏彦　分冊文庫版 ルー＝ガルー2〈インクブス×スクブス 相容れぬ夢魔〉(上)(下)
北森　鴻　香菜里屋《カナリヤ》を知っていますか
北森　鴻　親不孝通りラプソディー
北森　鴻　花の下にて春死なむ〈香菜里屋シリーズ1〈新装版〉〉
北森　鴻　桜宵〈香菜里屋シリーズ2〈新装版〉〉
北村　薫　盤上の敵
北村　薫　野球の国のアリス
木内一裕　藁の楯
木内一裕　水の中の犬
木内一裕　アウト＆アウト
木内一裕　キッド
木内一裕　デッドボール
木内一裕　神様の贈り物
木内一裕　喧嘩猿
木内一裕　バードドッグ
木内一裕　不愉快犯
木内一裕　嘘ですけど、なにか？
木内一裕　ドッグレース
北山猛邦　『クロック城』殺人事件
北山猛邦　『瑠璃城』殺人事件
北山猛邦　『アリス・ミラー城』殺人事件
北山猛邦　『ギロチン城』殺人事件
北山猛邦　私たちが星座を盗んだ理由
北　康利　白洲次郎 占領を背負った男 (上)(下)
北　康利　福沢諭吉 国を支えて国を頼らず (上)(下)
貴志祐介　新世界より (上)(中)(下)
北原みのり　木嶋佳苗100日裁判傍聴記〈佐藤優対談収録完全版〉
岸本佐知子 編訳　変《ヘン》愛《アイ》小説集
岸本佐知子 編　変愛小説集 日本作家編

木原浩勝 文庫版 現世《うつしよ》怪談(一) 主人の帰り
木原浩勝 文庫版 現世怪談(二) 白刃の盾
木原浩勝 増補改訂版 もう一つの「バルス」〈―宮崎駿と『天空の城ラピュタ』の時代―〉
喜国雅彦 国樹由香 メフィストの漫画
喜国雅彦 国樹由香 本格力〈本棚探偵のミステリ・ブックガイド〉
清武英利 石つぶて〈警視庁 二課刑事の残したもの〉
清武英利 しんがり〈山一證券 最後の12人〉
清武英利 トッカイ〈不良債権特別回収部〉
喜多喜久 ビギナーズ・ラボ
黒岩重吾 新装版 古代史への旅
栗本 薫 新装版 絃《いと》の聖域
栗本 薫 新装版 ぼくらの時代
黒柳徹子 窓ぎわのトットちゃん 新組版
倉知 淳 新装版 星降り山荘の殺人
倉知 淳 シュークリーム・パニック
熊谷達也 浜の甚兵衛
倉阪鬼一郎 大江戸秘脚便
倉阪鬼一郎 娘飛脚を救え〈大江戸秘脚便〉
倉阪鬼一郎 開運十社巡り〈大江戸秘脚便〉

倉阪鬼一郎 決戦、武甲山〈大江戸秘脚便〉
倉阪鬼一郎 八丁堀の忍
倉阪鬼一郎 八丁堀の忍(二)〈大川端の死闘〉
倉阪鬼一郎 八丁堀の忍(三)〈遥かなる故郷〉
倉阪鬼一郎 八丁堀の忍(四)〈隻腕の抜け忍〉
黒木 渚 壁の鹿
黒木 渚 本性
栗山圭介 居酒屋ふじ
栗山圭介 国士舘物語
久坂部 羊 祝葬
黒澤いづみ 人間に向いてない
久賀理世 奇譚蒐集家 小泉八雲〈白衣の女〉
決戦！シリーズ 決戦！関ヶ原
決戦！シリーズ 決戦！大坂城
決戦！シリーズ 決戦！本能寺
決戦！シリーズ 決戦！川中島
決戦！シリーズ 決戦！桶狭間
決戦！シリーズ 決戦！関ヶ原2
決戦！シリーズ 決戦！新選組

小峰 元 アルキメデスは手を汚さない
今野 敏 ST警視庁科学特捜班 エピソード1〈新装版〉
今野 敏 ST警視庁科学特捜班 毒物殺人〈新装版〉
今野 敏 ST警視庁科学特捜班〈黒いモスクワ〉
今野 敏 ST警視庁科学特捜班〈青の調査ファイル〉
今野 敏 ST警視庁科学特捜班〈赤の調査ファイル〉
今野 敏 ST警視庁科学特捜班〈黄の調査ファイル〉
今野 敏 ST警視庁科学特捜班〈緑の調査ファイル〉
今野 敏 ST警視庁科学特捜班〈黒の調査ファイル〉
今野 敏 ST為朝伝説殺人ファイル〈警視庁科学特捜班〉
今野 敏 ST桃太郎伝説殺人ファイル〈警視庁科学特捜班〉
今野 敏 ST沖ノ島伝説殺人ファイル〈警視庁科学特捜班〉
今野 敏 ST化合 エピソード0〈警視庁科学特捜班〉
今野 敏 ST プロフェッション〈警視庁科学特捜班〉
今野 敏 特殊防諜班 諜報潜入
今野 敏 特殊防諜班 聖域炎上
今野 敏 特殊防諜班 最終特命
今野 敏 茶室殺人伝説
今野 敏 奏者水滸伝 白の暗殺教団

講談社文庫　目録